IL DESTINO DEL DRAGO

I COMPAGNI DEL DRAGO MUTAFORMA
LIBRO QUATTRO

EVA CHASE

Il destino del drago

Libro 4 della serie *I compagni del drago mutaforma*

First Digital Edition, 2018

Copyright © 2023 Eva Chase

Traduzione italiana: Gina Uliveto

A cura di: Biba Sven

Design di copertina: Covers by Juan

ISBN ebook: 978-1-998752-30-0

ISBN edizione cartacea: 978-1-998752-43-0

 Creato con Vellum

1

Ren

Mentre il jet privato scendeva in picchiata verso la tenuta dei canidi, la determinazione continuava a stringermi il petto, ferrea e incrollabile. Sarei dovuta arrivare lì per incontrare l'ultima famiglia dei mutaforma, presentandomi come la nuova compagna ufficiale dell'alfa. Avrei dovuto portare buone notizie. Ero il loro mutaforma drago – l'ultimo rimasto in vita. Prendendo gli alfa di ogni gruppo come miei compagni, il mio compito doveva essere quello di unire tutti i mutaforma e porre fine alle vicissitudini che avevano dovuto affrontare.

E invece eccomi lì, pronta ad annunciare che forse ci trovavamo sull'orlo di una guerra paranormale. Era così che Marco – l'alfa dei felini al quale mi ero unita ufficialmente qualche giorno prima – l'aveva chiamata. Il mio legame con l'alfa dei canidi, tuttavia, non era ancora suggellato. West se ne stava seduto nel posto più vicino alla porta del jet, con un'aria ancora più tesa e cupa del solito.

Avevamo già affrontato parecchie difficoltà, ma le cose erano peggiorate. Fino ad allora, avevamo dovuto combattere nemici tra i nostri stessi simili – mutaforma ribelli che volevano a tutti i costi stravolgere lo status quo. Adesso, però, i ribelli rimasti di quella sottospecie di branco erano scappati dai vampiri, e i vampiri, per qualche ragione, avevano deciso di attaccarci.

Tutto ciò che sapevamo con certezza, era che i succhiasangue avevano occupato una casa che i felini di Marco usavano come base operativa locale, nei pressi di New York. Lui aveva detto ai sopravvissuti d'incontrarci lì, nella tenuta dei mutaforma più vicina.

Le mie mani si strinsero a pugno mentre l'aereo rimbalzava lungo sulla pista. I maestosi pini che notai fuori dal finestrino mi ricordarono la nostra forza. Ne avevo passate tante nelle ultime settimane, da quando i miei alfa mi avevano trovata e mi avevano rivelato la mia vera identità. Avevo affrontato una sfida dopo l'altra, e avevo vinto. Nessun viscido non–morto avrebbe avuto la meglio su di noi.

Il jet rombò fino a fermarsi. Kylie allungò il braccio dal suo sedile per stringermi la mano. La mia migliore amica, umana quanto credevo di esserlo anch'io, era venuta a trovarmi senza avere la più pallida idea del caos in cui versava la comunità dei mutaforma. Ma era ancora lì, al mio fianco, nonostante mi avesse visto al massimo della ferocia. E ancora mi regalava il suo sorriso smagliante, con i capelli corti rosa fluo che brillavano sotto le luci della cabina.

Non sapevo se essere più preoccupata o più grata di averla al mio fianco. Quel che era certo, però, era che non avrei più cercato di allontanarla.

West si alzò per primo e aprì la porta dell'aereo. Gli occhi verde scuro del mutaforma lupo erano colmi di preoccupazione per i suoi simili, e di rabbia nei confronti di chi li aveva messi in pericolo. Mi si strinse il cuore a vederlo così.

Ci alzammo tutti per seguirlo. "Quanti dei tuoi simili erano diretti alla tenuta?" Chiese Aaron a Marco. Il mutaforma aquila, alfa della famiglia dei volatili, aveva la tendenza a concentrarsi sui fatti. Sentire la sua voce calma e tiepida mi tranquillizzava sempre.

"Erano in sette a usare la casa," rispose Marco. "L'ultima cosa che ho sentito è che tre di loro erano in fuga, uno dei quali ferito. Adesso sapremo l'intera storia. Dovrebbero essere arrivati qui prima di noi." Il solito sguardo vispo del giaguaro si era incupito. Si passò ansioso una mano tra i capelli neri e frastagliati, dirigendosi lungo il corridoio e verso l'uscita.

Nate, l'ultimo dei miei alfa, fece un passo indietro per lasciare che io e Kylie lo precedessimo. La sua mano possente mi strinse la spalla. Era alto e muscoloso, come l'orso grizzly in cui poteva trasformarsi, e avevo sempre potuto contare su di lui. Ma, quando non eravamo sotto minaccia, aveva davvero un cuore d'oro.

La brezza del primo mattino m'investì mentre scendevamo i gradini. Era fresca e densa del profumo dei pini. Un alto muro di pietra delimitava la pista. Mi incamminai verso la direzione opposta, lungo un sentiero tortuoso tra gli alberi, scorgendo all'altra estremità una casa costruita con lo stesso tipo di pietra.

Chiamarla 'casa' era davvero riduttivo. Kylie trattenne il fiato meravigliata quando la vide. Era una villa, senza dubbio. Tre vasti piani racchiusi in solidi blocchi di pietra, con un arco in legno scuro sopra la porta massiccia.

Alcuni uomini di West ci vennero incontro. Se fossimo arrivati lì uno o due giorni dopo, com'era previsto, ci sarebbe stata una folla ad aspettarci. Eppure, non potei fare a meno di sentirmi sollevata nel vedere pochi volti sorridenti a salutarci. I canidi erano sempre stati accoglienti con me – a volte anche troppo – ma il pericolo sembrava inseguirmi ovunque io andassi. Preferivo che a correre rischi ci fossero pochi mutaforma.

"Mutaforma drago," mormorarono subito in segno di saluto, chinando le teste in segno di rispetto. Quello che si presentava con maggiore autorità – uno dei luogotenenti di West, supposi – si rivolse al suo alfa.

"Un paio d'ore fa sono arrivati tre felini. Li abbiamo accompagnati nelle camere per gli ospiti, e quella ferita è stata curata."

Marco fece un passo accanto a West. "Sta bene?"

Il luogotenente – un mutaforma coyote, a giudicare dall'odore – annuì velocemente. "Le sue ferite erano gravi, ma non fatali. Adesso sta dormendo."

"E non c'è traccia di vampiri in quest'area? Nessuna notizia dai villaggi vicini a New York?" Domandò West.

"L'insediamento ai confini di New York," rispose il mutaforma coyote con una smorfia. "Abbiamo saputo che hanno fiutato dei vampiri in zona, non molto tempo dopo l'ultima volta che ci siamo sentiti. Poi abbiamo perso i contatti. Ho mandato alcuni dei nostri a controllare di persona."

West serrò le mascelle. "Fammi sapere appena hai notizie."

Un altro canide, una volpe fennec dal viso sottile e i capelli fulvi, aveva concentrato tutta la sua attenzione su Kylie. "Che ci fa un'*umana* qui?" Chiese con voce tagliente.

M'irrigidii. "È mia amica. Ovunque io vada, è la benvenuta."

La volpe scosse il capo. "Dico solo che abbiamo questioni da mutaforma importanti da risolvere, qui, e non vedo come–"

"Felix," sbottò West. Si spinse davanti a noi per guardare in cagnesco il suo sottoposto, molto più basso della figura slanciata del lupo. West digrignò leggermente i denti. "Come dovrebbe essere ovvio, lei è qui con la mia autorizzazione."

La volpe si pietrificò. "Sì, signore. Certo. Non ci avevo pensato." Sollevò il mento, mettendo in mostra la pallida lunghezza del suo collo. Non avevo mai visto quel gesto prima, ma aveva un che di palesemente apologetico.

Aaron si avvicinò a me, chinandosi per sussurrarmi all'orecchio: "Tra i mutaforma canidi, esporre la gola è la massima dimostrazione di sottomissione."

West si era già rilassato di fronte a quel comportamento. "Va bene," disse col solito tono burbero. "Magari la prossima volta cerca di riflettere un po' di più, prima di parlare a vanvera. Abbiamo *davvero* questioni importanti da risolvere."

"E puoi star certo che vi darò una mano," intervenne Kylie. "Aspetta e vedrai. Tra un paio di giorni ti starai chiedendo perché non hai sempre a disposizione umani come me."

Felix inarcò un sopracciglio, scettico, ma fu abbastanza furbo da non dire niente – il suo alfa lo teneva d'occhio.

"Andiamo dentro," invitò West. "Dobbiamo parlare con gli uomini di Marco e scoprire esattamente cos'è successo."

L'esterno della villa sembrava duro e freddo, ma non appena mettemmo piede all'interno, il calore ci avvolse. Le pareti erano dipinte in una tenue tonalità dorata, e spessi tappeti ricoprivano i pavimenti. L'ingresso si apriva su una grande sala con un enorme camino in pietra; doveva essere incredibilmente confortevole in inverno. L'aria profumava di pane appena sfornato, attirando la mia attenzione, e il mio stomaco brontolò.

"Vado a chiamare i felini," disse il luogotenente coyote. Poi guardò gli altri due inservienti. "Portate la colazione agli alfa e al mutaforma drago – *e* alla sua amica."

West gli rivolse un leggerissimo sorriso d'approvazione. Mi lasciai cadere in uno dei divani in lana, sprofondando immediatamente nel cuscino. Quel posto assomigliava tantissimo al suo padrone, osservai con un pizzico di umorismo. Duro e apparentemente impenetrabile all'esterno, ma con piaceri inaspettati subito al di là delle mura.

West era l'unico dei quattro alfa con cui non avevo ancora consumato il legame. Nelle ultime settimane, il nostro rapporto era stato a dir poco burrascoso. Era stato scettico nei miei confronti fin dall'inizio, ma ultimamente pensavo che si stesse ammorbidendo – beh, almeno un po'. Era così difficile capirci qualcosa con lui. Eppure, nei momenti di passione che si era concesso di condividere con me... La mia pelle si fece incandescente al solo ricordo, nonostante tutte le cose che avevo per la testa.

Kylie si sedette sul divano alla mia sinistra e Nate alla mia destra. L'orso mi strinse il ginocchio con fare rassicurante. Aaron prese posto su una poltrona di fronte a noi, e i suoi capelli dorati da principe della Disney brillavano alla luce dell'alba che filtrava dalla finestra panoramica. West e Marco rimasero in piedi. West era rigido, con le braccia conserte sul petto; Marco camminava avanti e indietro.

"Non sarebbe mai dovuto accadere," borbottò. "Abbiamo fatto a malapena qualche graffietto a quei vampiri. E abbiamo *sistemato* le cose con il re. Perché mai dovrebbe ascoltare un paio di rognosi ribelli che vanno a piagnucolare da lui?"

Quando vide la colazione arrivare, tacque: pane imburrato, marmellata e fette di prosciutto fritto che, nonostante tutto, mi fecero venire l'acquolina in bocca. Misi velocemente insieme un panino per alleviare le fitte allo stomaco.

Avevo dato solo qualche morso quando un uomo di Marco arrivò. Lo riconobbi subito: Leonard, il mutaforma leone – uno dei luogotenenti di Marco, un uomo dal viso rotondo interrotto da zigomi sporgenti. Il nostro primo incontro era stato piuttosto infelice. Mi aveva rapita, pensando che fosse il modo più facile per portarmi dal suo alfa.

In quel momento, aveva un'aria ancora più devastata di quando Marco gli aveva rimproverato quell'errore. Aveva gli occhi incavati e una cicatrice rossa che gli attraversava uno dei suoi zigomi spigolosi – una ferita recente. Sembrava il graffio di un proiettile. Mi si attorcigliò lo stomaco. Misi giù il panino sul tavolino da caffè.

"Chi non muore si rivede," lo salutò Marco, ma l'ironia nelle sue parole non riuscì proprio a trapelare.

Fece cenno a Leonard e alla sua accompagnatrice – una donna tarchiata dai capelli argentati che odorava di lince – di accomodarsi su uno dei divani. "Sedetevi, così possiamo parlare. Avete chiaramente corso fin troppo per una notte. Dobbiamo solo sapere cos'è successo, poi potrete tornare al vostro riposo."

Leonard sprofondò su una poltrona e appoggiò la testa tra le mani, strofinandosi il viso.

"Non avevamo idea che stessero arrivando," disse con voce rauca. "Non sorvegliamo mai così attentamente la casa: è in un quartiere residenziale, per l'amor del cielo. Subito dopo il tramonto, hanno buttato giù la porta. Almeno in dieci, forse quindici. Non sono riuscito a contarli. Hanno messo la casa sottosopra, sparando dappertutto. Sono riuscito a stento a salvare Lindy in tempo. Sandra e io l'abbiamo portata in macchina e ce ne siamo andati. Non c'era altro da fare."

Un brivido mi percorse. Intorno alla grande sala, ci eravamo tutti irrigiditi. "Sparando dappertutto," ripetei. "Erano tutti armati?" Alcuni dei ribelli ci avevano attaccato con pistole e fucili, andando contro una delle più rigide leggi dei mutaforma, ma le loro risorse in fatto di armi umane sembravano limitate. Non sapevo quali fossero le regole che i vampiri dovevano – o non dovevano – rispettare.

Leonard rabbrividì. "Avevano quasi tutti delle *mitragliatrici*. Grandi quanto pistole, ma di sicuro non vorrei averci a che fare di nuovo. I succhiasangue non hanno neanche provato a morderci. Sapevano che avrebbero perso se fossero arrivati al corpo a corpo." Le sue labbra si arricciarono. "Hanno infranto i patti *e in più* sono dei codardi."

Mitragliatrici. Dannazione. Vidi lo stesso orrore dipinto sul volto di tutti gli alfa. Come avremmo fatto a combattere un'armata di non–morti dotati di armi da fuoco di livello militare?

"E saranno trattati come i traditori che sono," ribatté Marco con tono nervoso. "Immagino che non abbiano fornito alcuna spiegazione sul motivo di quest'attacco a sorpresa? Far saltare in aria le nostre case non è uno dei loro soliti passatempi."

Leonard fece no con la testa. "Non hanno detto un bel niente. Hanno solo aperto il fuoco. E gli altri quattro in casa… sono morti prima ancora che potessi capire cosa stesse succedendo."

Era visibilmente scosso, con il volto deformato in una smorfia di dolore. Marco andò al suo fianco.

"Non è stata colpa tua," lo rincuorò con decisione. "Non potevi prevedere un attacco del genere. E, credimi, quei succhiasangue la pagheranno."

"Hai visto o sentito qualcos'altro che possa esserci utile per controbattere?" Chiese Aaron.

"Non… non riesco a pensare a nulla. È successo tutto

così in fretta." Leonard si strofinò di nuovo il viso. Era chiaramente esausto.

"Sandra?" Chiese Marco.

La mutaforma lince aveva un'aria altrettanto stremata e sconvolta. Si sistemò meglio sul cuscino. "Ho sentito uno dei vampiri dire qualcosa a uno degli altri," raccontò. "Che… che avevano sperato che i mutaforma si facessero fuori l'un l'altro, ma che occuparsene in prima persona era più divertente." Rabbrividì a quell'ultima parola.

Mi salì il sangue alla testa. Se ci fosse stato un vampiro nella stanza con noi, nulla mi avrebbe trattenuto dallo sfoderare i miei artigli da drago e tagliargli la testa.

"Sanno che stiamo diventando più forti," dissi. "Perché ci sono io. Perché c'è un mutaforma drago che unirà di nuovo le famiglie." Feci un brusco respiro. "E lo farò. Marco ha ragione: i vampiri la pagheranno, a qualunque costo."

Fu quasi doloroso vedere il barlume di speranza che illuminò gli occhi della lince. Avrei fatto meglio a mantenere quella promessa, anche se non ero ancora sicura di come.

"Va bene, voi due," disse Marco scacciandoli con la mano. "Avete fatto ciò che potevate. Siete usciti di lì vivi, e avete salvato anche Lindy. Ora andate a riposarvi. Potremmo aver bisogno di voi prima del tramonto."

"Che succede al tramonto?" Domandò Kylie mentre Leonard e Sandra ritornavano alle loro stanze.

"Non tutte le legende sui vampiri sono vere," rispose West. "Ma la luce del sole li brucia davvero. Possono passeggiare tranquillamente nei tunnel della metropolitana, ma non possono attaccare in superficie finché il sole non tramonta.”

“Quindi abbiamo un po’ di tempo per decidere le nostre prossime mosse.” Nate si chinò in avanti, passandosi una mano tra i folti capelli castani. “Dovremmo scoprire se ci sono state attività di vampiri nei pressi delle città dove risiedono i loro clan. New York è la più grande. Quali sono le altre?”

“Los Angeles,” rispose Aaron. “Las Vegas. Chicago. E Atlanta. Ma ci sono anche gruppetti sparsi per le piccole città.”

“Non capisco,” sbottai. “Perché tutto d’un tratto ci avrebbero attaccato in questo modo? So che i mutaforma e i vampiri non sono, diciamo… in ottimi rapporti, ma questo… Il commento che Sandra ha sentito… Sembra che ci odino.”

Marco fece una smorfia. “Non corre buon sangue tra i vampiri e i mutaforma, questo è certo. Così come con le fate, manteniamo la pace con i trattati piuttosto che con la simpatia reciproca. È sempre stato più facile per entrambi i popoli preservare i propri territori, piuttosto che entrare in una guerra di qualche tipo. Non so perché abbiano cambiato idea.”

“Ma questa è una guerra vera e propria, nessuno può dire il contrario. Con armi così potenti, per di più…” Deglutii a fatica.

“Abbiamo i nostri vantaggi,” intervenne Nate. “Possiamo prepararci alla luce del giorno, ma sappiamo combattere anche al buio.”

“Non saremo bersagli facili se non potranno coglierci di sorpresa,” aggiunse West.

Mi strofinai la bocca con la mano. "Okay. Quindi la luce del sole li brucia. Cos'altro possiamo usare a nostro vantaggio? Quali altri punti deboli hanno?"

Marco sollevò un sopracciglio, guardandomi. "Oltre alla luce del sole? Direi che quello che temono di più è il fuoco."

2

Ren

Il muro di pietra che circondava la tenuta dei canidi sembrava più che solido. Ci avrebbe tenuto al sicuro dagli spari. Ma ovviamente non ci sarebbe servito a niente se i vampiri fossero riusciti a scavalcarlo. Mi morsi il labbro, riflettendoci su mentre mi guardavo intorno nel cortile anteriore.

"Di cos'altro dobbiamo preoccuparci con i vampiri? Succhiano il sangue alla gente, sono più forti e più veloci delle persone normali – ma non più di noi – e sembra che abbiano accesso all'artiglieria pesante… Possono trasformarsi in pipistrelli? Saltare edifici altissimi in un colpo solo?"

Marco ridacchiò. "I mutaforma hanno il monopolio sulla trasformazione, principessa, quindi non devi preoccuparti di questo. E i succhiasangue non sono neanche cloni di Superman. Il loro più grande vantaggio è che sono maledettamente difficili da uccidere, essendo già morti e tutto il resto."

"La luce del sole fa il suo dovere," intervenne West, lanciando uno sguardo cupo al cielo. Mancava poco a mezzogiorno e il sole era quasi al suo picco, diffondendo su di noi il calore estivo. "E il fuoco. E una decapitazione netta. Non c'è molto altro."

"Paletti di legno?" Suggerì Kylie, fingendo d'impugnarne uno e sferzando l'aria con un rapido movimento del braccio.

"Non conosco nessuno che li abbia provati," replicò Nate con un cipiglio pensieroso.

Aaron probabilmente avrebbe saputo la risposta, ma aveva ricevuto una telefonata qualche minuto prima, e si era allontanato per parlare indisturbato.

"Beh, non sarebbe comunque così facile avvicinarsi abbastanza da trafiggerli, se hanno le pistole spianate," commentai. "Dovremo farci bastare il fuoco."

Le mie fiamme, però, avrebbero aiutato solo i mutaforma nella tenuta. Il mio pensiero ritornò al villaggio dove avevamo passato un paio di notti, subito dopo che gli alfa mi avevano ritrovata. Erano tutti così entusiasti di conoscermi, di sapere che il drago era finalmente tornato…

Quei piccoli insediamenti non avevano grossi muri di pietra per fermare i proiettili, e non avevano neanche draghi pronti a sputare fuoco sugli aggressori. Proteggere la mia gente sarebbe stato dannatamente più facile se ci fossero stati più mutaforma come me.

Forse un giorno sarebbe stato così. Il pensiero mi provocò una fitta al basso ventre. Non molto tempo prima c'erano stati quattro draghi: mia madre, le mie sorelle e io. Se avessi ufficializzato il mio legame con tutti e quattro i miei alfa, allora avremmo potuto iniziare a pensare di crescere dei figli nostri.

Ma non era ancora il momento. Non in un mondo del genere. Potevo combattere per i mutaforma con tutte le mie forze, ma solo se non avessi avuto nessun altro da proteggere. Era stato salvare me – e tentare di salvare le mie sorelle – che aveva trattenuto mia madre durante il primo attacco dei ribelli.

Aaron emerse dall'ombra che circondava la casa. Gli aghi di pino scricchiolavano sotto i suoi piedi. Mi bastò un solo sguardo per capire che aveva cattive notizie.

"Hanno colpito qualcuno dei tuoi?" Domandò Marco mentre l'aquila si avvicinava.

Aaron annuì, con la bocca contratta in un'espressione sofferente. "In un piccolo villaggio lungo la costa di Los Angeles. I vampiri l'hanno circondato, in modo da poter sparare a chiunque cercasse di volare via. Alcuni ce l'hanno fatta, ma la maggior parte… È stato un massacro. Alice si sta assicurando che i sopravvissuti ricevano le cure di cui hanno bisogno." Aveva rimandato sua sorella alla tenuta dei volatili sulla costa quando noi eravamo partiti per quella di West. Voleva avere la certezza che una persona di fiducia sorvegliasse la sua gente.

Mi si rivoltò lo stomaco. Avevamo ricevuto segnalazioni simili da un villaggio di canidi vicino New York, un'enclave di felini non lontano da Atlanta e un gruppo di mutaforma eterogenei a un paio d'ore da Las

Vegas. I vampiri avevano reso chiare le loro intenzioni sanguinose. Ma non avevano ancora avanzato alcuna richiesta.

"E ancora non abbiamo una chiara idea di cosa vogliano?" Domandai.

"Ci vogliono tutti morti," borbottò West. "È ovvio."

"Questo lo so," ribattei, resistendo all'impulso di urlargli addosso. "Ma *perché?* Se sapessimo il motivo per cui si sono improvvisamente rivoltati contro di noi, potremmo trovare qualcosa su cui far leva."

Nate emise un verso di sconforto. "A quanto sembra, l'unica 'leva' che i succhiasangue sono in grado di capire è morire carbonizzati. E non vedo l'ora che succeda."

"Se dovessi azzardare un'ipotesi," esordì Aaron, "da quello che ci hanno detto i simili di Marco… A loro piace vederci indeboliti, senza un drago. Erano più tranquilli quando i mutaforma hanno iniziato a prendersela gli uni con gli altri, scatenando nuovi conflitti. Speravano che avremmo continuato lungo quella strada fino a scannarci a vicenda. Ma non l'abbiamo fatto. Come hai detto tu, stiamo diventando più forti, più uniti."

Mi rivolse un sorriso, teso ma genuino. "Forse hanno capito che questa è la loro ultima occasione per colpirci, prima che torniamo alla nostra piena potenza. E ormai si erano abituati all'idea di potersi liberare di noi. Non vogliono tornare a come stavano le cose prima, a dover collaborare con noi e scendere a compromessi."

"Dopo il disastro che hanno combinato, possono scordarsi i compromessi," ringhiò Marco mostrando i denti.

Ma eravamo ancora in svantaggio rispetto ai vampiri.

Studiai di nuovo il muro, pensando a tutti i villaggi che non potevano contare su una protezione del genere. "Quali sono esattamente le restrizioni sull'uso di armi da parte dei mutaforma? Dove si pone il limite?"

"Non risponderemo al fuoco," obiettò West.

"*Lo so*. Non useremo nulla che sia inteso come un'arma. Ma c'è una legge che vieta di usare *qualsiasi cosa* oltre i nostri corpi, in battaglia?"

"Cos'hai in mente, Ren?" Mi chiese Nate.

Indicai il terreno oltre il cancello della tenuta. "Vogliamo ridurre in cenere i vampiri. Sono l'unica autorizzata a farlo, o anche i vostri simili possono combattere con il fuoco?"

Lo sguardo di Aaron si fece pensieroso. "Qualsiasi cosa che potremmo impugnare per attaccare qualcuno in maniera diretta, come una torcia, sarebbe proibita. Ma ci sono altri modi per usare il fuoco."

"Abbiamo ancora tutto il pomeriggio per prepararci," dissi. "Ma che ne direste di far stendere un anello di materiale infiammabile intorno ai villaggi e alle altre tenute? Potrebbero incendiarlo facilmente, se i vampiri si facessero vivi. Sarebbe soprattutto una protezione... ma se per caso lo accendessero mentre qualche vampiro ci passa sopra – e a quei vampiri capitasse di prendere fuoco – sarebbe un'eccezione, giusto?"

Le labbra di Marco si curvarono in un sorriso. "Il tuo modo di pensare mi piace ogni giorno di più, principessa."

"E in più questo li destabilizzerebbe," sottolineò Nate. "Sarebbe più facile attaccarli nella confusione. Un bello spintone nelle fiamme..." Strofinò i palmi delle mani l'uno contro l'altro, con espressione soddisfatta.

"I nostri uomini dovranno ripulire l'area dalla vegetazione," precisò Aaron. "Non vogliamo finire per bruciare un'intera foresta. Ma c'è tempo per quello. Quantomeno riusciremmo a respingerli." Annuendo tra sé e sé, tirò fuori il telefono. "Devo fare qualche altra telefonata."

Kylie batté le mani. "Beh, io non sono vincolata da nessuna legge dei mutaforma, no? Chissà se riesco a rimediare qualche specie di lanciafiamme. Posso sicuramente mettervi in contatto con qualche fornitore di benzina a basso costo."

Sorrisi alla mia amica. Se aveva un super potere, era quello di riuscire a fare amicizia, o quantomeno conoscenza, con chiunque incontrasse – cioè un sacco di gente. Con tutti i suoi contatti, riusciva sempre a ottenere qualunque cosa ci servisse, almeno nel normale mondo umano. Cosa che i miei alfa avevano scoperto a New York, quando era riuscita a trovare una pista per risolvere un enigma che nessun altro di noi aveva capito.

"Mi segno io quei contatti," disse Nate a Kylie.

"Ecco," rispose lei, tirando fuori il telefono. "Di' a quel Felix che mi sto già rendendo più utile di lui, West."

Il lupo fece un sorrisetto a quel commento. "Forse lo farò proprio adesso." Fece un cenno con la mano verso la casa.

Qualcuno ci stava guardando, perché un minuto dopo diversi assistenti di West si affrettarono a raggiungerci. La volpe fennec dai capelli fulvi era tra loro. Guardò Kylie mentre la superava di corsa. La sua espressione si trasformò in un'occhiataccia quando lei gli rivolse un pollice in su e un ampio sorriso.

"Ci serve un anello di terreno sgombro appena oltre il muro della tenuta, largo almeno tre metri," disse l'alfa canide ai suoi uomini. "Raccogliete qualsiasi sterpaglia che possa alimentare una fiamma e mettetela al centro. La cospargeremo di benzina, per sicurezza."

"Aspettate," dissi mentre si dirigevano verso il cancello. "Qui non ce n'è bisogno. Ci sono io."

West mi rivolse un'occhiata minacciosa. "Tu sei un solo drago, Scintilla, nel caso te lo fossi dimenticata. Un drago che riesce a mantenere la trasformazione per mezz'ora al massimo, se sei fortunata. Se i vampiri dovessero presentarsi qui, ci toccherà respingerli per tutta la notte."

"Ma non ci vorrà tutta la notte per ridurli in cenere," ribattei. "Non è che ne friggerò uno per poi fare un giro di dieci minuti della tenuta prima di passare al prossimo."

"E se arrivassero a ondate? Se ne mancassi qualcuno prima di esaurire le energie?"

Incrociai le braccia sul petto. "So controllarmi. E mi sono già trasformata due volte nello stesso giorno. Non sarà diverso di notte."

Sospirò. "Senti, Scintilla, a me sembra che sia meglio avere una protezione extra, nel caso in cui un drago non basti per salvare la situazione. Questa è la mia gente, e che io sia dannato se non farò tutto il possibile per proteggerla. Oppure hai qualche piano brillante per distruggere tutti i vampiri prima ancora che il sole tramonti?"

Non aveva tutti i torti, lo sapevo. Ma m'infastidiva il modo in cui me lo faceva notare. "No," ammisi. "Non ce l'ho. Credimi, se avessi saputo come farlo, non l'avrei tenuto per me."

"Oh, *credimi*, lo so," rispose West con un luccichio negli occhi. Prima che potessi decidere se fosse una presa in giro o una frecciatina, un altro pensiero mi colpì.

"E se invece *portassimo* la battaglia dai vampiri?" Domandai. "Sono completamente vulnerabili durante il giorno, giusto? Se trovassimo i loro nascondigli e–"

Marco, che era rimasto vicino a noi, iniziò a scuotere la testa. "Se c'è una cosa che devo riconoscere ai succhiasangue, è che sono decisamente scrupolosi quando si tratta di fare attenzione alla loro routine diurna. Probabilmente se ne stanno nascosti dietro una ventina di porte blindate, in qualche scantinato buio e profondo. In decine di scantinati bui e profondi, sparsi in tutte le città. E non sappiamo neanche dove. Ma magari se dessimo intere città alle fiamme…"

Espirai bruscamente. "Ho capito. Non si può fare. Forse dovremmo trovarci anche noi degli scantinati segreti in cui nasconderci."

"Se le cose si mettessero male, ho l'impressione che la tua amica saprebbe darci qualche idea," disse Marco con aria divertita.

Già, non avevo dubbi che Kylie conoscesse qualche edificio abbandonato in cui avremmo potuto rintanarci per un po'. Ma sarebbe stata solo questione di tempo prima che i vampiri ci avrebbero trovati di nuovo. Dovevamo convincerli che era troppo difficile cercare di sterminarci – oppure dovevamo essere noi a sterminare loro mentre ci provavano.

Il cancello cigolò, aprendosi di nuovo. Entrò Felix, sorreggendo un giovane uomo così debole e insanguinato che non si sarebbe mai retto in piedi senza aiuto. Il cuore mi balzò in gola.

Marco sgranò gli occhi. "Timothy," disse andandogli incontro.

Il mutaforma rivolse all'alfa felino uno sguardo confuso.

"È arrivato barcollando dove stavamo lavorando," spiegò Felix. "Non ha detto niente. Non sono neanche sicuro che riesca a parlare."

"Portalo dentro," ordinò West. "Veloce. Ha bisogno di riposo e di qualcuno che si occupi delle sue ferite."

Marco afferrò Timothy per l'altro braccio. Lui e Felix portarono quel povero ragazzo in casa insieme. Mi affrettai a seguirli con il cuore a mille. I vampiri avevano sferrato un altro attacco? Nel bel mezzo del giorno? Non doveva neanche essere possibile.

I piedi di Timothy iniziarono a strusciare sul pavimento. A quel suono, Marco trasalì e lo sollevò più in alto. "Ti teniamo noi. Resisti solo un altro po'."

"Venite," disse West, aprendo una porta in fondo al corridoio che dava sulla sala grande. Sembrava un ufficio, con due pareti di scaffali a muro, una scrivania, una poltrona e un divano, dove Marco e Felix fecero stendere il felino.

Timothy rabbrividì e tossì. "Acqua!" Urlò Marco. Felix scattò di corsa. Il giaguaro s'inginocchiò accanto al suo uomo ferito.

Timothy non era stato colpito da proiettili – o almeno, se così era stato, non erano quelle le ferite che sanguinavano. Un profondo squarcio sul lato delle costole si stava lentamente rimarginando. Una grossa ciocca di capelli gli era stata strappata dalla testa. Rabbrividii mentre osservavo ogni ferita. Cosa gli era successo?

Chiaramente non era in grado di dircelo.

"Posso chiamare uno dei miei uomini per–" Iniziò West.

Marco lo interruppe con un gesto della mano. "Lo farò io. È una mia responsabilità."

Tirò fuori un artiglio da giaguaro dall'indice e se lo conficcò nella carne del polso. Sussultai di fronte al fiotto di sangue che ne uscì. Stringendo i denti, Marco ne lasciò colare un po' sul fianco di Timothy e poi sulla sua testa, aggiungendo il potere curativo del suo sangue sano agli sforzi dell'uomo. Poi si premette il palmo dell'altra mano sul polso per velocizzare la guarigione del taglio.

Timothy mormorò qualcosa, rilassando il corpo sul divano e sbattendo le palpebre. Felix riapparve stringendo un bicchiere d'acqua tra le mani. "Grazie," disse Marco afferrandolo. Tornò da Timothy e lo portò alle sue labbra.

Il mutaforma felino riuscì a mandar giù un paio di sorsi, poi lasciò andare un sospiro di sollievo. Marco si era girato per posare il bicchiere sul tavolino quando la mano di Timothy afferrò di scatto la sua camicia.

"Alfa," chiamò con voce stridula.

"Ehi," rispose Marco, posando la mano sulla sua. "Hai bisogno di riposo. È un miracolo che tu sia riuscito a sfuggirli tutti." Sollevò lo sguardo su di me. "Lui è uno dei quattro uomini scomparsi dalla casa di New York."

Non poteva sapere molto di più di Leonard e Sandra, allora. Ma Timothy strattonò nuovamente la camicia di Marco. "No," disse. "Non sono scappato. Mi hanno mandato loro. Con un messaggio."

Dietro di me, West s'irrigidì. Marco ridusse gli occhi a due fessure. "Qual è il messaggio, Timothy?"

"Stasera," rantolò il mutaforma ferito quasi senza fiato. "Il re vuole parlarvi stasera, a notte fonda, all'incrocio di Marveille."

3

Nate

S voltai un po' troppo in fretta l'angolo di un corridoio della villa, scontrandomi con uno degli uomini di West. Il mutaforma sciacallo mi guardò in faccia e indietreggiò. Il suo mento scattò all'insù, in quella reazione istintiva che hanno tutti i canidi di mostrare la gola quando vogliono evitare una lite. "Le mie scuse, alfa. Prometto che starò più attento."

Cavolo. Dovevo avere un'aria furibonda perché reagisse in quel modo. Cercai di addolcire la mia espressione il più possibile – cosa piuttosto difficile, considerando l'enorme frustrazione che si agitava dentro di me. "Tranquillo," dissi. "Sono stato io a urtare *te*. Nessun problema."

Non sembrava del tutto convinto. Mentre si allontanava in tutta fretta, mi sforzai di restare fermo, appoggiando le spalle al muro. Mi passai una mano sul viso come se potessi sfregare via la tensione.

Vagavo per la tenuta da quasi un'ora, e non avevo smaltito neanche un briciolo di quell'agitazione. Avevo già fatto tutte le telefonate che potevo ai miei luogotenenti e alle altre famiglie. Ogni insediamento che si trovava a qualche ora di distanza da una roccaforte di vampiri si stava già preparando a respingere le armi con il fuoco.

Normalmente sarei corso a unirmi a loro, per schierarmi in prima linea. Ma Ren aveva bisogno di me. Avevamo da poco consolidato il nostro legame. Il suo ruolo di mutaforma drago era ancora una novità per lei.

E anche se avesse potuto fare a meno di me, quella notte, dovevamo comunque incontrarci con il re dei vampiri appena dopo il tramonto, non lontano da lì.

Magari quella follia si sarebbe risolta. Dopo aver sentito dei massacri che i vampiri avevano già commesso contro i miei simili e quelli degli altri alfa, però... non ci speravo. Io di certo non ero in vena di compromessi.

Ma, ovviamente, aggirarmi per la casa come un grizzly inferocito non serviva a niente. Feci un respiro e mi allontanai dal muro. Forse avrei dovuto cercare di dormire un po', prima che fosse ora di uscire. Ci aspettava una notte molto lunga.

Mi diressi verso il lato sud del terzo piano, dove si trovavano le camere principali, ma i miei piedi irrequieti non si fermarono davanti alla porta della mia stanza. Mi portarono a quella di Ren. Dopo il pranzo, si era ritirata lì per prepararsi alla nottata. Magari avrebbe apprezzato un po' di compagnia.

Aprii la porta e mi ritrovai a guardare la schiena della mia compagna, da dove era seduta sul pavimento del salotto. Aveva le gambe incrociate e le mani poggiate sulle ginocchia; la sua testa era leggermente inclinata all'indietro, con i capelli castano scuro che le ricadevano sulle spalle. Dalla mia altezza vedevo che aveva gli occhi chiusi.

Qualunque cosa stesse cercando di fare, non volevo disturbarla. Feci un passo indietro, ma i cardini della porta cigolarono al mio tocco. Ren sussultò e aprì di colpo gli occhi.

"Scusa," dissi alzando le mani. "Non volevo interromperti."

Lei sospirò e si distese sulla schiena. "Non fa niente. Tanto non ero sicura che stesse funzionando."

Mi sembrò di cogliere un invito nelle sue parole. Mi accovacciai sul pavimento accanto a lei. "Che stavi cercando di fare?"

Ren si rannicchiò un po' più vicino a me, e io fui più che felice di avvolgerle la vita con un braccio mentre appoggiava la testa sulla mia gamba. Le avevo provate tutte, eppure fu quel piccolo contatto ad allentare finalmente la mia tensione. Forse non ero andato lì solo per confortare lei, ma anche me stesso.

"Speravo che un po' di meditazione mi aiutasse a potenziare le abilità di trasformazione," rispose. "Voglio riuscire a resistere più a lungo. Abbastanza a lungo da affrontare ogni singolo vampiro che ci attacca."

"Speriamo di non doverne combattere nessuno, se riusciamo a sistemare le cose con l'incontro."

Rispose con uno sbuffo ironico, che rispecchiava più o

meno quello che pensavo anch'io di quella possibilità. "Devo essere pronta."

"Hai imparato tutto molto in fretta, sai," dissi accarezzandole il fianco con il pollice. Indossava la stessa maglietta di quella mattina, e il calore della sua pelle si irradiava dal morbido tessuto. "Non è proprio la stessa cosa, ma per i bambini, quando iniziano a imparare, di solito ci vuole qualche anno prima che riescano a passare da una trasformazione parziale a quella completa. E poi ci vogliono diversi anni prima che chiunque di noi riesca a mantenere la sua forma animale quasi a tempo indeterminato. Tu hai superato la prima fase solo in qualche giorno."

"Perché non sono una bambina," replicò Ren. "Perché avrei dovuto saperlo fare già tanto tempo fa. Ma migliorare la resistenza sta richiedendo molto più tempo. Io non ho anni di tempo. Non ho neanche qualche giorno. I vampiri hanno già provocato più danni dei ribelli."

"Sono crudeli, ma anche intelligenti," commentai. "E organizzati e disciplinati. Cose che i ribelli sicuramente non erano, altrimenti non si sarebbero mai separati dalle famiglie, tanto per cominciare. Ma possiamo comunque batterli. Farai tutto ciò che puoi. I succhiasangue ti *temono*. Ecco perché stanno attaccando adesso. Sanno che, ogni giorno che passa, tu rendi l'intera comunità dei mutaforma sempre più forte."

"E continuerò a farlo," affermò Ren. Adoravo vedere la fiera determinazione che brillava nei suoi occhi ambrati.

Poi sbadigliò, nascondendosi il viso con il braccio per cercare di nasconderlo.

"Okay," dissi. "Penso che entrambi abbiamo bisogno

di un po' di riposo per prepararci a stanotte. Mediterai meglio dormendo."

"Mi sa che non funziona così," borbottò lei. Mi alzai, sollevandola tra le mie braccia, e un grido di protesta lasciò le sue labbra. "Nate! Posso arrivare al letto da sola."

"Ma così è più divertente," scherzai.

Protestò un altro po', ma poi si accoccolò con la testa sulla mia spalla. Appoggiai il mento sui suoi capelli mentre la portavo al letto. La mia compagna era forte, sì, ma di certo non le faceva male che ogni tanto fossimo noi a essere forti per lei.

Salii sul materasso e mi sdraiai con lei, poggiando la testa accanto alla sua sul cuscino. Lei mi scompigliò i capelli. "Il mio orso grande e grosso," disse come se mi avesse letto nel pensiero, con tanto di quell'affetto che il mio cuore tremò di felicità. Chinai la testa per baciarla. Lei fece scivolare un braccio attorno al mio collo e ricambiò, tirandomi ancora più vicino, e tutto d'un tratto dormire divenne l'ultimo dei miei pensieri.

Le accarezzai il fianco con la mano, risalendo lentamente fino a posarla sul seno. Il suo respiro si fece affannato sulla mia bocca. Mi baciò più intensamente mentre le stringevo un capezzolo tra le dita, strappandole un mugolio. Quando si tirò indietro, aveva le guance arrossate e i suoi occhi luccicavano.

"Dovremmo davvero riposare," disse. "Ma magari, se facessimo *abbastanza* in fretta, avremmo un po' di tempo per divertirci, prima?"

Scoppiai a ridere. "Come posso dirti di no?" Mi rotolai su di lei, con tutta l'intenzione di trasformare quel mugolio in un gemito.

~

Ren

Kylie era esattamente dove Aaron mi aveva detto di averla vista l'ultima volta, in un piccolo salotto appena fuori dall'atrio centrale. Quando entrai, sorrise, sollevando la sua forma minuta dalla poltrona dov'era seduta. "Ren!" La sua espressione si fece improvvisamente seria. "È già ora di andare?"

Scossi la testa, sedendomi sulla poltrona accanto alla sua. "Abbiamo ancora un'ora, più o meno. Stavo pensando…" Mi fermai, cercando il modo migliore per affrontare l'argomento. L'ultima cosa che volevo era che la mia migliore amica pensasse che stavo cercando di scaricarla. Ma non sarei stata bene con me stessa se non avessimo avuto quella conversazione.

"Cosa stavi pensando?" Mi incalzò lei, fissandomi.

La guardai negli occhi, sperando che riuscisse a leggere l'emozione nei miei. "Sai quanto apprezzo che tu sia qui. Quanto sono stata felice di averti accanto per tutto il tempo che siamo state amiche. Perciò ti giuro che quello che sto per dire non ha niente a che fare con quello che *voglio*. Ma, proprio perché sei così importante per me, devo chiedertelo: ora che le cose si sono fatte ancora più pericolose, sei sicura di voler restare?"

Kylie mi scoccò un sorriso sardonico. "Dove altro dovrei andare?"

"Beh, a casa. A vivere la tua vita," replicai. "Hai il

nostro appartamento… Posso continuare a pagare la mia parte d'affitto, e se siamo fortunate riuscirò a venire a trovarti spesso. Hai il tuo lavoro. I vampiri non ti daranno fastidio, lì. Ma finché resti qui, con i mutaforma… Non credo che il fatto che non sei una di noi farà la differenza. Di certo non fanno attenzione a dove sparano."

"Okay," esordì Kylie. "Capisco perché sei preoccupata. Neanch'io sono così entusiasta di combattere contro dei vampiri dal grilletto facile. Ma se ti chiedo una cosa, puoi rispondermi onestamente?"

"Certo," dissi.

Inclinò la testa, studiando la mia espressione molto più attentamente. "Se in questo momento potessi scegliere la vita che desideri, la situazione più perfetta che riesci a immaginare, come sarebbe?"

Dio, che domanda. Solo l'idea di potermi liberare di tutti quei conflitti mi faceva esplodere il cuore di gioia e dolore allo stesso tempo. Lasciai che la mia immaginazione vagasse. Come sarebbe stato se avessi potuto avere tutto ciò che volevo? Le avevo promesso totale onestà.

"Vivrei insieme a tutti e quattro i ragazzi. Andremmo tutti d'accordo e saremmo felici, senza più incertezze tra noi. Andrei di tenuta in tenuta e in città diverse, immagino, aiutando a risolvere qualunque piccola disputa. E tu saresti lì, di sicuro. Così potremmo stare insieme e fare qualcosa tra ragazze nel mio tempo libero."

Mi concentrai di nuovo su di lei. "Ma non ho la più pallida idea di quando – e se – arriverò a quel punto. E questo è solo quello che vorrei *io*. Non voglio che tu rimanga qui sapendo che puoi essere più felice vivendo una vita normale. Una in cui non ci sono vampiri che ci sparano addosso, e chissà cos'altro in futuro."

Kylie mi sorrise come se nessun possibile orrore futuro potesse turbarla. "Cosa c'è di così bello nella normalità?" Chiese. "Volevo solo sapere che ruolo avrei avuto nella tua vita, se non fossi preoccupata per la mia sicurezza. Perché è qui che voglio stare anch'io. Se sei felice di avermi con te, se posso fare qualche lavoretto qui invece di quello squallido che ho a New York, allora è decisamente quello che voglio. Certo, stare in mezzo ai mutaforma può fare un po' paura, ma è anche piuttosto fantastico."

Restai senza parole. Provavo tanta di quella gioia che non sapevo cosa farmene. "Sei sicura?" Domandai. "Davvero, *davvero* sicura?"

Kylie rise. "Ho avuto un bel po' di tempo per pensarci negli ultimi giorni, sai. E non c'è stato neanche un momento in cui ho desiderato di non essere venuta qui. Se sei destinata a essere la regina di tutti i mutaforma, sono piuttosto sicura che io sia destinata a essere il tuo braccio destro. Non avrò un dono paranormale, ma a me sembra comunque destino."

L'emozione mi travolse. Le parole non mi bastavano più. Saltai in piedi e trascinai la mia amica in un abbraccio. Lei ricambiò, stringendomi forte. "Bene," disse lei. "Sono felice che ci siamo chiarite. Una volta per tutte, spero. Devi proprio smetterla di cercare di proteggermi. So badare a me stessa."

"Lo so," risposi. "Ti prometto che non tirerò più fuori questo discorso. Volevo solo essere assolutamente sicura. Se ti succedesse qualcosa e io pensassi che eri qui solo per me…"

"No," obiettò Kylie. "Sono al cento per cento qui anche per me. Voglio dire, hai visto queste camere?" Indicò la stanza intorno a sé con un luccichio malizioso negli occhi. Ma quando tornò a guardarmi era di nuovo seria. "So a cosa vado incontro, Ren, e sono pronta ad affrontarlo."

Sospirai e le feci un sorriso sghembo. "Bene. Spero di esserlo anch'io. Andiamo, dovremmo mangiare qualcosa. Sarà meglio evitare di combattere i vampiri a stomaco vuoto."

4

Ren

"Quest'incrocio dà loro qualche tipo di vantaggio se dovessimo arrivare a combattere?" Domandai a West. Ero seduta accanto a lui nella jeep che aveva scelto tra i vari veicoli nella tenuta.

Aveva guidato velocemente quasi per tutto il tragitto, ma gli ultimi trenta chilometri li avevamo percorsi lentamente e in stato di allerta. Il rombo del motore vibrava sotto il mio sedile. Un rimbombo analogo proveniva dalle altre macchine, davanti e dietro di noi.

"Tutt'intorno all'incrocio il terreno è piuttosto aperto," rispose West senza distogliere lo sguardo dalla strada. "Non avremo molto riparo. Se potessi scegliere, preferirei un paesaggio come questo."

Indicò con il capo le foreste di pini che si stagliavano su entrambi i lati della stretta autostrada. Nella notte sempre più profonda, le punte nere degli alberi sembravano intaccare l'intenso blu del cielo annuvolato. I raggi della luna filtravano flebilmente attraverso una sottile coltre di nebbia.

Uno dei suoi uomini sul sedile posteriore si era tenuto in comunicazione con i ricognitori che West aveva mandato prima di noi. "Rayanne dice che adesso lì ci sono almeno cinquanta vampiri riuniti," comunicò con una nota di preoccupazione nella voce.

West serrò la mascella. Erano venuti anche gli altri alfa, ovviamente. Erano nelle altre auto, insieme a qualche decina di uomini di West, in caso avessimo avuto bisogno di rinforzi. Ma…

"Se cinquanta vampiri significa cinquanta pistole, non avremo molte possibilità," sottolineai.

"Ma non mi dire, Scintilla," rispose West. "Vuoi tornare indietro?"

Non riuscii a capire se fosse serio o mi stesse prendendo in giro. "È davvero un'opzione?" Domandai.

Mi rispose con una risata strozzata. "Immagino dipenda da quanto conta per te la diplomazia."

"Non è alla diplomazia che sto pensando. Mi interessa di più non farci ammazzare."

"Credimi, questo è in cima anche alle mie priorità. Qualche suggerimento geniale su come ridurre le possibilità che accada?"

Forse ci avevano convocati per provare a massacrare me e gli alfa, come i ribelli non erano riusciti a fare. O forse erano sinceramente disposti a negoziare qualche tipo di tregua. Certo, come no. D'altra parte, se *non* ci fossimo presentati, avrebbero sicuramente attaccato di nuovo la comunità. Quindi si trattava di scegliere tra una situazione orribile e una situazione disastrosa. Nessuna delle due, grazie!

Ovviamente, *quell'opzione* non era neanche in discussione. Sospirai. "Un mese fa non sapevo neanche che i vampiri esistessero. Non dovresti avere più idee di me?"

"Non credo che la mia idea ti piacerebbe," borbottò West.

E quello cosa diavolo significava?

Proprio in quel momento, il telefono squillò di nuovo. Il tizio seduto dietro emise un verso contrariato. "È arrivato un altro camion carico di succhiasangue. Si stanno sparpagliando intorno all'incrocio. Si mimetizzano nell'oscurità, come fanno sempre, ma i nostri uomini riescono a fiutarli. Sembra che stiano pianificando di circondarci al nostro arrivo."

Non sembrava la preparazione per una conversazione a cuore aperto. West e io ci scambiammo uno sguardo. Ora aveva un'espressione ancora più torva.

"Non possiamo incontrarli così," dissi, pronta a ricevere un altro commento sarcastico.

Ma il mutaforma lupo annuì. "No. Un conto sono i rischi e un conto è la follia. Bertrand, c'è un posto decente per parcheggiare lungo la strada?"

Il luogotenente controllò l'area dalla mappa sul cellulare. "C'è una vecchia pompa di benzina tra un paio di chilometri. È fuori servizio, quindi non ci sarà nessuno, e il parcheggio sembra di dimensioni decenti."

"È perfetto, allora. Dì alle altre macchine di fermarsi lì."

"E poi che facciamo?" Chiesi.

Il sorriso di West era ancora tetro. "Poi diremo ai vampiri che li abbiamo raggiunti quasi a metà strada, e se vogliono vederci dovranno venire loro da noi, su un terreno di *nostra* scelta. E se al loro arrivo proveranno a farci qualche scherzo, decideremo come reagire al momento."

"Le armi," intervenne uno dei ragazzi seduti dietro, ma s'interruppe passandosi una mano sulla bocca, come se avesse paura di sembrare troppo nervoso.

"Se i vampiri aprono il fuoco, ce ne andremo subito," dissi. "Saliremo tutti nelle auto e torneremo alla tenuta. Dì loro anche questo."

Non appena smisi di parlare, mi chiesi se non avessi oltrepassato il limite dando ordini a un sottoposto di West. Ma lui non fece commenti. Immaginai che fosse d'accordo con il mio piano. Schiacciò il piede sull'acceleratore, aumentando la velocità per raggiungere al più presto la nostra nuova destinazione. Il cielo era quasi nero ormai.

"Coprirò le spalle a tutti," aggiunsi. "Userò il mio fuoco per trattenerli, così voi altri potrete scappare."

West mi lanciò un'altra occhiataccia. "Non essere stupida, Ren. Dovrai scappare anche tu. Non possiamo assolutamente permetterci di perderti."

"Probabilmente sono l'unica che può assicurarci che non perdiamo nessuno," ribattei. "Posso schivare qualche proiettile."

"Non hai mai avuto a che fare con armi del genere prima d'ora."

Non aveva tutti i torti. La mia mente, però, torno a Fisher, l'uomo per cui io e un gruppetto di ragazzini di strada rubavamo in cambio di cibo e riparo. Non era il massimo, ma dopo che la mamma era scomparsa, avevo dovuto cavarmela da sola. Ripensai al revolver che teneva sempre infilato dietro i jeans. Alle pistole che avevo intravisto ad alcuni dei suoi soci, quando venivano a riscuotere.

"Non sai con cosa ho avuto a che fare prima di tutto questo. Scommetto che ho visto più pistole di te."

"Questo non significa che dovresti offrirti come bersaglio," sbottò West.

M'irrigidii, ma lui sembrò subito mortificato. Perché si era pentito di averlo detto in generale, o di averlo detto davanti ai suoi uomini? Chi poteva saperlo. Ma percepii, sotto l'intrepida attesa che lo attanagliava, un fremito di preoccupazione.

Forse non voleva riporre tutta la sua fiducia in me per salvare la sua famiglia. Forse non si fidava delle mie idee. Qualunque fosse la motivazione, era preoccupato anche per *me* – almeno un pochino.

La risposta che mi era rimasta sulla punta della lingua svanì. "Non voglio farmi sparare," dissi con voce più dolce. "Farò solo quello che devo per assicurarmi che tutti si mettano in salvo. E questo include anche me."

"Beh, io non me ne andrò finché non ci sarai anche tu," dichiarò West con tono burbero – non che mi sarei aspettata nulla di diverso, ma sentirglielo dire mi scatenò un piacevole brivido nel petto. Come quando mi aveva baciata la sera prima, con una tenerezza che speravo di potergli vedere di nuovo.

Ma non in quel momento, certo. Davanti a noi iniziavano a intravedersi le travi ad arco dell'insegna della stazione di servizio. Il furgone e la berlina che ci precedevano vi entrarono, e West li seguì.

Parcheggiammo lungo il margine del parcheggio abbandonato. Con un po' di gas, qualunque auto sarebbe riuscita a imboccare di nuovo la strada velocemente, se avessimo dovuto andarcene di corsa.

Quando scesi dalla jeep, sentii le foglie secche scricchiolare sotto i miei piedi – probabilmente erano lì dall'autunno precedente. L'insegna sopra le nostre teste cigolava quando il vento faceva oscillare le catene che la reggevano. Le pompe dovevano essere completamente asciutte; nemmeno il più vago sentore di benzina raggiunse il mio naso da mutaforma. Sentivo solo il profumo dei pini nella foresta, come nella tenuta di West, ma con l'aggiunta di un pizzico di metallo arrugginito.

"Dammi il telefono," ordinò West tendendo la mano. Il luogotenente glielo passò. Mentre il resto del nostro contingente scendeva dalle auto, l'alfa dei canidi chiamò uno dei suoi ricognitori.

"Rayanne. Piccolo cambio di programma. I vampiri possono incontrarci alla stazione di servizio a circa dieci chilometri dall'incrocio. Diglielo dalla distanza maggiore che puoi, poi salta sulla moto e raggiungici. Non voglio che sfoghino la 'delusione' su di te."

Gli altri alfa si erano avvicinati a noi. "Vediamo se avranno ancora voglia di giocare ora che abbiamo smascherato i loro trucchetti," commentò Marco con un sorrisetto maligno.

"Immagino che capiranno subito perché stiamo cambiando i piani," disse Aaron. "Se davvero credono di poter guadagnare qualcosa da un compromesso, accetteranno. Se invece avevano solo intenzioni violente…" Strinse i denti. Lanciò un'occhiata all'autostrada, come se potessimo già vedere i vampiri in avvicinamento.

Potevano ancora presentarsi, allora. Con le armi spianate, pronti ad aprire il fuoco.

Il ricognitore richiamò. West portò il cellulare all'orecchio, disse qualche parola d'incoraggiamento e poi ci guardò.

"Sembra che abbiano accettato d'incontrarci qui. Si stanno muovendo adesso. Tenetevi pronti."

"Dove vuole che ci posizioniamo, signore?" Domandò Bertrand.

"Non vogliamo dargli motivo di pensare che non siamo qui con intenzioni pacifiche," sottolineò Aaron. "Così metteremmo fine all'incontro prima ancora che inizi."

"Beh, ci hanno già aggrediti con tutta la violenza possibile," grugnì Nate. Fece un passo verso di me. "Che provino pure a lamentarsi."

"No, l'aquila ha ragione," disse West. Fece un cenno ai suoi uomini. "Sparpagliatevi nel bosco, ma restate sul nostro lato del parcheggio. Abbastanza indietro da non essere visti. I vampiri non possono contare sull'olfatto. Ma voglio che siate abbastanza vicini da poterli attaccare, se serve… o da saltare su quelle macchine e andarvene da qui, se necessario. Conoscete i segnali."

A eccezione di un paio di loro che restarono con noi, tutti gli altri si dileguarono nella foresta alle spalle della stazione.

Delle luci brillarono in lontananza, lungo l'autostrada. Le mie spalle si tesero. I succhiasangue erano arrivati.

"Devo trasformarmi adesso," esordii. "Così sarò pronta. Non appena vedrò una pistola, le farò esplodere tutte. Se davvero vogliono negoziare, saprete comunque meglio di me cosa dice il trattato. Tutti d'accordo?"

Nessuno degli alfa ebbe nulla da ridire. "Fa' attenzione," disse Aaron.

Marco sogghignò. "Sono loro che devono stare attenti, con la nostra Principessa delle Fiamme in agguato."

Continuarono a osservare la strada mentre io mi spogliavo. Quando i primi furgoni furono abbastanza vicini da poterne scorgere la sagoma dietro la luce dei fari, m'inginocchiai al suolo e invocai la mia forma animale.

Fu così bello trasformarmi a un ritmo naturale, piuttosto che affrettarmi a farlo il più rapidamente possibile. I miei muscoli si allungavano e formicolavano, ma senza far male. Le squame m'incresparono la pelle con un brivido d'euforia. Le ali si dispiegarono sulla mia schiena, e un'ondata di trepidazione mi percorse tutti i nervi. Mi stagliai sulle macchine, col fuoco che già pizzicava alla base della mia gola da drago.

Non pensavo che le fiamme della verità mi sarebbero servite, quella sera. Se i vampiri che avevano massacrato i nostri simili avessero fatto un solo passo falso, sarebbero diventati carne da barbecue in un istante. Non avrebbe risolto il problema di tutti i gruppi di vampiri là fuori, ma almeno sarebbero stati di meno. E allo stesso tempo sarebbe stata una bella soddisfazione.

I furgoni – piccoli furgoni per le consegne, senza finestrini nei grossi vani posteriori – scivolarono nel parcheggio sul lato opposto al nostro. Tenevo gli occhi puntati sui parabrezza e sulle portiere, cercando d'individuare qualunque figura armata di pistola.

Un uomo magro e dall'aspetto elegante uscì dall'abitacolo del furgone centrale. Aveva i capelli corvini e i suoi occhi luccicavano con una parvenza di vita, ma la sua pelle era mortalmente pallida. Un odore acre mi solleticò le narici.

Era il tanfo dei non–morti, che solo l'olfatto acuto dei mutaforma poteva percepire. Le loro vittime umane non potevano sentirlo.

Quel tizio era chiaramente il re. Avanzò a grandi passi verso il centro del parcheggio, superando le pompe vuote, come se non avesse una preoccupazione al mondo. Il suo sguardo non mi sfiorò neanche, nonostante dovesse per forza aver notato l'enorme drago che lo osservava. Nove dei suoi uomini si radunarono alle sue spalle, chiaramente per proteggerlo. Gli altri rimasero nei furgoni.

"Ci hai convocati e siamo venuti," esordì West. Lui e gli altri mutaforma erano in posizione accanto alla prima delle auto, pronti a usarla come scudo. "Forse ti andrebbe di spiegarci perché avete attaccato così tanti dei nostri, la notte scorsa?"

Il re dei vampiri rispose con un sorriso impercettibile. "Era una dimostrazione. Per fornire un contesto a questa conversazione."

"Il tuo contesto ci è costato più di cento morti," rispose Nate, quasi ringhiando.

Il re lo guardò a malapena. "E ora sapete quanto sono serio. Ma non c'è *bisogno* che muoia qualcun altro."

"Splendido," intervenne Marco. "Siamo debitamente

informati della tua serietà. Ora che ne dici di passare al vero motivo per cui siete qui?"

"La colpa è solamente vostra," annunciò il vampiro con tono arrogante. "Sappiamo tutti che lo spazio per le specie soprannaturali è in continua diminuzione, nel mondo moderno. Noi vampiri abbiamo imparato ad adattarci, a mimetizzarci tra gli umani per non farci scoprire. Ma voi mutaforma..." Il sarcasmo si insinuò nella sua voce. "Come gli animali in cui vi trasformate, lasciate che i vostri istinti primordiali prevarichino sul buon senso. Ve ne andate in giro completamente fuori controllo. Non riuscite a mantenere una forma umana."

"Abbiamo sempre risolto in prima persona qualunque problema causato dalla nostra specie," ribatté Aaron.

"Non abbastanza bene. Avete così poco controllo che non riuscite neanche a evitare che i vostri stessi simili vi si rivoltino contro. Ho sentito parlare del caos in cui versa la vostra comunità, da mutaforma che vi hanno già attaccato più di una volta e l'hanno fatta franca." Si lasciò sfuggire un lieve sbuffo. "Siete imprudenti, e prima o poi vi farete scoprire. E a quel punto gli umani daranno la caccia anche al resto di noi. Nessuno è al sicuro finché continuerete a lasciarvi andare ai vostri impulsi animali."

"Noi abbiamo bisogno di trasformarci come voi avete bisogno di bere sangue," sottolineò West a denti stretti. "Ma, come vedi, non cerchiamo d'impedirvi di mangiare."

"Noi non abbiamo bisogno di scorrazzare all'aria aperta con le zanne in bella vista per mangiare," replicò il re. Poi unì le mani battendole. "Dal mio punto di vista, la cosa migliore sarebbe sbarazzarci di voi. Ma sono disposto a considerare un'alternativa. Abbiamo individuato alcune aree isolate del Paese che gli umani trovano così sgradevoli che raramente vi si recano. Voi resterete lì, senza mai oltrepassare quei confini, e in quel caso potrete vivere."

Credeva davvero che avremmo accettato? Trasferire l'intera comunità di mutaforma in chissà quali zone inospitali, per poi cosa? Farci sorvegliare dai vampiri come un campo profughi, senza poter mai uscire? Digrignai i denti.

"Devi renderti conto di quanto il tuo suggerimento sia del tutto irragionevole," commentò Aaron.

Marco ridacchiò freddamente. "Non sradicheremo tutto il nostro popolo solo per assecondare la tua paranoia. Cos'altro proponi? Potremmo anche essere disposti a collaborare, purché voi lavoriate *con* noi e non cerchiate solo di ammassarci in un recinto."

La postura del re cambiò. Allora lo capii, prima ancora che aprisse bocca – aveva recitato la parte del negoziatore, ma non si era mai davvero aspettato che accettassimo. E adesso si era completamente estraniato dalla discussione.

Era pronto a dedicarsi all'altro scopo di quell'incontro.

Un ruggito di avvertimento lasciò la mia gola, proprio mentre un'ondata di vampiri saltava fuori dal retro dei furgoni.

5

Ren

Il fuoco mi risalì in gola insieme al ruggito. Avrei ridotto il re dei vampiri in cenere se non si fosse mosso così in fretta. Il capo dei succhiasangue balzò nell'ombra che circondava le pompe di benzina e svanì. A quanto pareva, i vampiri non erano solo bravi a mimetizzarsi nell'oscurità: potevano anche scomparirci dentro.

Non ebbi neanche il tempo di capire se sarei riuscita a inseguirlo. Decine di soldati vampiri stavano avanzando per prendere il suo posto, brandendo armi che dovevano aver nascosto nei furgoni. Puntavano a me e ai miei alfa.

Al diavolo. Con un brusco respiro, sputai le fiamme che crepitavano nel fondo della mia gola. Il mio fuoco si riversò sui succhiasangue come un'onda. Ogni vampiro che toccava, esplodeva in brandelli.

Diversi spari rimbombarono nell'aria, sovrastando lo

scoppiettio delle fiamme. Un proiettile mi colpì alla spalla, provocandomi una piccola fitta di dolore. Non fu abbastanza da rallentarmi. Con uno scatto della testa e una nuova scarica di fuoco, quelle armi si trasformarono in un mucchio di spazzatura deforme.

Balzai in avanti, nel cumulo di polvere cinerea che avevo creato, preparandomi a un'altra esplosione. Un gruppo di vampiri più furbi si mise a correre verso la fila di alberi al margine del parcheggio. La mia fiammata successiva colpì quelli che erano rimasti indietro, ma più di quanti avrei voluto fuggirono al riparo nella vegetazione. Mi sarebbe toccato abbatterli uno a uno.

Spari e ringhi risuonavano dalla foresta. Probabilmente i mutaforma che erano venuti a proteggerci stavano girando intorno al parcheggio per respingere gli aggressori.

"Nelle auto!" Urlava Nate. "L'incontro è finito."

La voce di West, densa di rabbia, risuonò più forte di quella dell'orso. "Andiamocene tutti di qui, *subito*. Non combattete a meno che non siete costretti."

I vampiri che si erano avvicinati disarmati insieme al re erano scappati verso i loro furgoni. Per prendere altre pistole, immaginai. Potevano scordarselo, come potevano scordarsi di saltare a bordo e partire. Non gli avrei permesso d'inseguirci quando ce ne saremmo andati.

Feci piovere fuoco sulla parte frontale dei veicoli, riducendo i cofani di metallo e i motori sottostanti in masse deformi. I parabrezza si frantumarono per il calore. Alcuni vampiri si accovacciarono dietro i vani di carico, con le pistole in mano. Feci un salto in aria, invocando un'altra fiammata.

Non feci in tempo a colpirne neanche uno. Sentii il

rimbombo di un proiettile che mi graffiò la coscia e le gambe posteriori. Gridai, più per la rabbia che per il dolore, e sparai fuoco sul colpevole. In un istante, lui e la sua pistola divennero un grumo fuso.

Altri colpi d'arma da fuoco echeggiavano tra gli alberi. Ignorando il dolore pungente alle gambe, mi diressi verso la foresta. Alcuni mutaforma si stavano affrettando a raggiungere le auto, ma altri stavano ancora lottando, cercando di coprire le spalle ai fuggitivi.

Un lupo nero squarciò la gola di un vampiro, e il succhiasangue si accartocciò su se stesso in una stasi di guarigione. Due volpi, una rossa e una fulva dalle orecchie enormi — immaginai fosse Felix — affondarono contemporaneamente i denti nelle gambe di un altro, strattonandolo. La vittima inciampò, e Felix si avventò sulla sua gola un secondo dopo.

Gli alberi rendevano più difficile per i vampiri avere una buona mira, ma ciò non gli impediva di usare le armi. I proiettili rimbalzavano sui tronchi degli alberi, frantumando la corteccia. Un coyote incespicò e cadde, mentre una raffica di proiettili lo colpiva al petto. Il luogotenente leone di Marco, che si era unito a noi per l'incontro, si scagliò contro una succhiasangue e sbatté la sua testa contro una radice sporgente. Prima che potesse girarsi, un altro vampiro sbucò da dietro un albero e aprì il fuoco su di lui.

Il sangue sgorgò a fiotti dalla ferita sul fianco di Leonard. Avvolsi il vampiro in una fiammata incandescente. Un paio di canidi corsero ad afferrare il mutaforma leone mentre si accasciava e tornava in forma umana. Sollevarono l'alleato ferito per portarlo alle macchine in attesa.

Incendiai altri due vampiri. Tra il dolore delle mie ferite che si diffondeva e l'energia che avevo già esaurito, il mio corpo di drago cominciò a cedere. Non sarei stata in grado di mantenere quella forma ancora per molto.

Le luci illuminavano il nostro lato del parcheggio. I motori rombavano mentre i mutaforma aspettavano che gli ultimi compagni raggiungessero i veicoli. Un paio di auto erano già partite. Mentre chi aveva combattuto veniva fuori dagli alberi per darsi alla fuga, i vampiri rimasti si spingevano ai margini della foresta, da dove potevano colpirci con una mira migliore.

Col cavolo che gliel'avrei permesso. Sfrecciai verso di loro, sprigionando una striscia di fuoco lungo il margine del parcheggio. West, ancora in forma di lupo, correva snodandosi tra i mutaforma in fuga, spingendoli verso le auto. L'orso di Nate respingeva i vampiri che cercavano di schivare le fiamme. Dall'altra parte del parcheggio, Aaron e Marco avevano bloccato gli ultimi vampiri vicino ai furgoni.

Il mio fuoco si spense. Contrassi il petto, cercando di produrne altro, ma i miei polmoni avevano ceduto. In quel momento, uno dei vampiri scattò in avanti e sparò, con la pistola puntata sulla schiena di Nate.

West spinse l'orso di lato, ma il suo lupo non era abbastanza grande da spostare un animale di quelle dimensioni. I proiettili colpirono la testa dell'orso e gli rigarono il fianco. Nate gemette e si voltò di scatto, ma barcollava già.

No! Il panico mi trafisse, torcendomi le viscere. La

furia che mi travolse un attimo dopo divampò così in fretta e violentemente da annebbiarmi la vista.

Non il mio compagno. Quei maledetti non–morti *non* me l'avrebbero portato via.

Più fuoco di quanto avrei pensato di avere in me – più di quanto avrei immaginato di poterne mai evocare – fuoriuscì dai miei polmoni. Mi bruciò la gola e mi ustionò i denti. Lo sprigionai tutto con un grido di rabbia.

L'impeto delle fiamme si abbatté sui vampiri ai margini della foresta, incenerendoli tutti prima ancora che potessero anche solo indietreggiare. Bruciò gli alberi, annerendo la corteccia sui tronchi e corrodendo il legno sottostante. Il fuoco guizzava tra le foglie, riempiendo l'aria di fumo. Il vento che si alzò non fece altro che accrescere la sua furia, che ormai eguagliava la mia.

Una furia che non riuscivo a controllare. Le fiamme si propagavano da un albero all'altro, bruciando i vampiri restanti o spingendoli a correre nell'ombra. Ma il fuoco non si fermò. Continuò a crepitare, divorando l'intera vegetazione sul suo cammino.

Io precipitai al suolo. Le mie gambe umane si afflosciarono nella trasformazione. Il sangue mi scorreva sulla pelle pallida per i proiettili che mi avevano colpita.

Aaron accorse al mio fianco. Anche West e Marco erano tornati ai loro corpi umani, e stavano trascinando Nate nel retro di uno dei nostri van. L'orso giaceva inerte nella presa di West, con la testa penzoloni. La sua pelle era bianca come la cera. Il sangue gocciolava sull'asfalto ai loro piedi.

"È vivo," disse Aaron, ma mi sembrò di sentire un 'per ora' non detto. La mia gola infiammata si strinse. Mi alzai in piedi, barcollando, con l'aiuto di Aaron. Poi lui mi sistemò il braccio sulla sua spalla e mi afferrò per la vita.

Il fuoco continuava a divampare nella foresta, il suo calore ci avvolgeva. Un brivido mi scosse.

"Ho dato fuoco a un'intera foresta."

"Non c'è nulla che possiamo farci, adesso," disse Aaron. "Non appena saremo in strada, chiamerò i vigili del fuoco più vicini. Loro sapranno cosa fare."

Iniziò a condurmi verso una delle auto, ma io scossi la testa. "Voglio stare con Nate. *Ho bisogno* di stare con Nate."

Aaron sembrò avere qualcosa da ridire, ma cambiò idea. "Va bene. Ma qualcuno deve occuparsi anche delle tue ferite."

Zoppicai insieme a lui fino al van. Un paio di mutaforma erano già chini sul corpo prono di Nate, condividendo il loro sangue ed estraendo i proiettili. "Ren," mi chiamò West con voce roca, ma Aaron gli fece segno di lasciar perdere.

"Dobbiamo tornare alle nostre auto. Portate tutti via di qui, prima che arrivino altri vampiri."

"Giusto." West si scrollò di dosso la sua esitazione momentanea e si mise a urlare verso il fondo del parcheggio. "Muoviamoci! Forza!"

Salii sul van accanto a Nate, un po' arrampicandomi e un po' trascinandomi. Un altro canide si precipitò a dare un'occhiata alle mie ferite. Chiusi gli occhi, ignorando le sue attenzioni e premendo il viso sulla spalla del mio compagno. Quel po' che intravidi del torace dilaniato di Nate era più di quanto avessi mai voluto vedere.

Il suo petto continuava a sollevarsi e abbassarsi al

ritmo dei suoi respiri, regolari ma flebili. Desideravo così tanto stringermi a lui, ascoltare il battito del suo cuore, ma avevo paura di riaprire le ferite che non si erano ancora rimarginate. Invece mi accoccolai il più possibile accanto a lui, pregando con tutta l'anima che guarisse. Che tornasse a star bene.

Il motore del van si azionò con un rombo, ma il fragore della foresta in fiamme lo sovrastava. Il fuoco danzava davanti ai miei occhi, mentre le ruote si trascinavano sul terreno sconnesso e poi verso l'autostrada.

Non tutta quella distruzione era stata opera dei vampiri. In quel momento, quando avevo visto il mio compagno cadere, non avevo affatto pensato – solo agito. Un animale senza controllo, proprio come aveva detto il re dei vampiri. Non era solo Nate a rischiare di morire per quella battaglia. Se qualche innocente avesse perso la vita, sarebbe rimasto per sempre sulla *mia* coscienza.

Mentre sfrecciavamo sull'autostrada verso la tenuta dei canidi, non ero sicura di quale potenziale tragedia mi facesse più male al cuore.

6

Aaron

Quando scivolai giù dal letto, la luce dell'alba aveva appena iniziato a filtrare tra gli alberi, al di là della finestra della mia camera. Non che fossi riuscito a dormire molto, comunque. Con gli occhi annebbiati, ma i nervi a fior di pelle, mi ritrovai a vagare lungo il corridoio fino al dormitorio dei guaritori.

C'erano diverse brande nella stanza, ma al momento solo due erano occupate. Gli altri mutaforma che erano rimasti feriti nella battaglia di quella notte dovevano essere guariti abbastanza in fretta da tornare ai loro alloggi.

Nate era ancora disteso sul lettino, come quando avevo lasciato la stanza qualche ora prima. I guaritori che si erano occupati del mio compagno alfa lo avevano lasciato da solo, per il momento. Gli avevano fasciato le ferite, e il sangue non era filtrato attraverso la garza bianca, quindi potevo presumere che non sanguinassero più. Respirava ancora. Solo che non si era svegliato.

Serenity era rannicchiata sulle coperte del letto accanto al suo, con gli occhi finalmente chiusi. Anche se dormiva, il suo viso sembrava teso. Quella notte aveva avuto paura di disturbare Nate, ma – nonostante le insistenze dei guaritori – non era voluta tornare nella sua stanza. Le sue ferite si erano rimarginate – solo dei segni violacei punteggiavano ancora le sue gambe pallide. Presto sarebbero svaniti anche quelli, come tutte le altre ferite che si era procurata nelle sue prime settimane da drago.

Non aveva ricevuto la migliore delle accoglienze nella nostra comunità. Ogni volta che pensavo che il peggio fosse passato, il mondo ci poneva nuovi ostacoli.

Non volevo svegliarla, non c'era nulla che potessi fare per Nate. Almeno mi ero accertato che fosse ancora vivo. Eppure non riuscii a convincere i miei piedi a riportarmi nella mia camera. Tutto quello che mi aspettava lì era un altro sonno inquieto.

Sentii il rumore della porta che si apriva. Era Marco che sgusciava nella stanza, con l'aria stanca quanto la mia. Si fermò accanto a me.

"Nessun cambiamento?"

"Non in peggio, almeno," risposi.

"Meglio di niente." Le labbra del giaguaro si arricciarono come se non riuscisse a decidere se sorridere o fare una smorfia, finendo a metà strada tra le due cose. "Cosa diavolo faremo senza la forza dell'orso?"

"Perderemmo molto più della sua forza, se non ce la facesse."

"Giusto," concordò Marco. L'alfa felino doveva aver

intuito quanto me che, per molti versi, Nate era il collante che teneva insieme il nostro quartetto di personalità contrastanti – con la sua forza, sì, ma anche con quel calore spontaneo che sembrava sempre irradiare. A meno che non gli si desse un buon motivo per arrabbiarsi. Era difficile litigare davvero se lui era con noi.

Non ci eravamo ancora uniti del tutto, non con West che ancora valutava la possibilità di rinunciare completamente all'alleanza tra compagni. Credevo che l'alfa dei canidi stesse iniziando a cambiare idea, ma cosa sarebbe successo se Nate fosse morto? Quanto saremmo stati uniti in quel caso? Il giovane che avrebbe dovuto addestrare per assumere il ruolo di alfa dopo di lui non era ancora maggiorenne. O i mutaforma eterogenei si sarebbero scontrati per il comando, o Serenity sarebbe rimasta senza un compagno.

Con la possibile perdita di Nate, forse i vampiri avevano già vinto, senza neanche bisogno di versare un'altra goccia di sangue.

"Hai visto West, stamattina?" Domandai a Marco.

Lui annuì. "Il lupo si aggira per le sale comuni urlando contro chiunque gli stia antipatico. Quindi è solo leggermente più fastidioso del solito."

"Si sente responsabile."

"Per quanto sembrasse una trappola, sapevamo di non avere scelta: dovevamo presentarci all'incontro." Mi lanciò un'occhiata. "Sono stati segnalati problemi dai tuoi insediamenti?"

Feci no con la testa. "Sembra che gli altri gruppi di vampiri non si siano mossi. Aspettavano di sapere come sarebbe andata a finire ieri sera. Dubito che stanotte avremo un po' di tregua."

Probabilmente quello sarebbe stato il momento perfetto per lasciare la stanza – la nostra inutilità combinata era abbastanza pesante da spingerci a levarci di torno – ma Serenity si mosse nel letto. Si strofinò il viso e si mise seduta. Il suo sguardo si posò su Nate per un momento, la sua bocca si contorse in una smorfia e poi ci guardò.

"Che succede?"

"Niente," risposi in fretta. "Sta ancora guarendo, ma… lentamente. O almeno è quello che supponiamo. Non ha avuto nessun peggioramento."

Lei si alzò e si avvicinò al letto di Nate, posando la mano sul braccio del mutaforma orso. "Ma non si è affatto svegliato?"

"È abbastanza normale che abbiamo bisogno di un lungo sonno ristoratore quando siamo gravemente feriti, principessa," spiegò Marco. "Serve ad assicurarci di non sforzare gli organi interni mentre si stanno ricomponendo."

"Non lo so. A me sembra solo coma, e a volte le persone non ne escono."

"I mutaforma non sono semplici persone," rispose lui. "Figuriamoci gli alfa." Ma l'espressione sul suo viso era ancora cupa. Nate non era ancora fuori pericolo.

E anche il nostro drago l'aveva capito, chiaramente. La preoccupazione nei suoi occhi era così evidente che non potei fare a meno di avvicinarmi a lei. Marco ci lanciò un'occhiata e poi si allontanò.

"Ehi," dissi, tirando Serenity verso di me. "Sta tenendo

duro. Il fatto che sia ancora con noi dopo le ferite che ha subito è un ottimo segno. Abbiamo secoli di storia alle spalle. I mutaforma sono tosti. Non finirà tutto solo perché qualche vampiro si è messo strane idee in testa."

La mia compagna mi rivolse un sorriso sofferente. Poi si sollevò sulla punta dei piedi per baciarmi. Ricambiai, assaporando la morbidezza delle sue labbra e il dolce profumo della sua pelle. Avrei voluto poterla rassicurare di più.

Ren

Alla fine riuscii a staccarmi da Nate solo quando mi resi conto che era passato mezzogiorno e avevo già perso metà della giornata. Non volevo lasciare il mio compagno, ma i vampiri stavano sicuramente preparando un assalto in piena regola per quella notte. Se c'era qualcosa che potessi fare per proteggere il resto della mia famiglia, dovevo farlo. Contavano su di me.

Mentre camminavo leggermente stordita lungo i corridoi, con le gambe un po' doloranti per le ferite non ancora guarite, mi ci volle un minuto per notare che l'atmosfera era cambiata. In un certo senso, l'energia che aleggiava nella tenuta era frenetica. E c'erano più mutaforma di quanti ricordassi di averne visti prima. Molti di più.

Quando uscii dal corridoio ed entrai nelle sali comuni

centrali, notai figure sconosciute ovunque: riempivano le sedie e i divani, si stringevano intorno ai tavoli e alle porte. Venni completamente avvolta dal brusio di un chiacchiericcio nervoso e da un mix di odori di mutaforma.

Non tutti quegli odori erano di canidi. Un gruppo di volatili era riunito in un angolo. Un Leonard sofferente ma vivo, accasciato su una poltrona dall'altro lato della stanza, era stato raggiunto da diversi altri felini.

Mentre passavo dalla porta principale, vidi West che rientrava dal cortile. Stava parlando con Bertrand. Aspettai che congedasse il luogotenente per andare da lui.

"Che succede?" Domandai indicando la stanza affollata.

Mi rivolse un sorriso teso. "Stiamo evacuando gli insediamenti di mutaforma più vicini ai centri dei vampiri. Stiamo accogliendo tutti quelli che possiamo nelle tenute. Ci sarà da dividersi i letti e dormire per terra, ma meno confini dovremo difendere, più potremo concentrarci su quelli importanti."

Non faceva una piega. Ed era una buona idea ospitare gli sfollati nella tenuta più vicina a loro, anche se non era il centro operativo della loro famiglia. Lasciai andare un respiro. "Ed è tutto pronto intorno alla tenuta? Se dovesse servirci più fuoco?"

Annuì. "Eravamo già pronti ieri sera, ma ho ordinato ai miei uomini di espandere la barriera." Il suo sguardo cadde sul mio corpo. Avevo indossato un abito camicia senza pensarci troppo. Il cotone sottile mi arrivava solo alle ginocchia, lasciando scoperte le ferite sottostanti. Le cicatrici della notte prima mi pizzicarono di nuovo.

"Dovresti riposare invece di andartene in giro," disse West. "Sei stata colpita piuttosto duramente ieri notte."

"*Nate* è stato colpito duramente," risposi con un'improvvisa stretta al cuore. L'immagine del suo corpo floscio e del suo viso spento mi tornò alla mente, provocandomi una nuova ondata di ansia. "C'è qualcos'altro che la tua gente può fare per aiutarlo? Hanno rimesso in piedi Kylie nonostante l'avessero massacrata, e non è neanche una mutaforma."

West s'irrigidì. "I miei uomini hanno fatto tutto quello che potevano," replicò bruscamente. "Sarebbe morto altrimenti. Io mi prendo cura della mia gente, e questo include chiunque sia sotto la mia protezione nella tenuta."

Restai di stucco, sconcertata dall'improvviso cambio del suo umore. "Non intendevo–"

West stava già scuotendo la testa. "Non importa, Scintilla. Continua a fare qualsiasi cosa ti andasse di fare."

Si allontanò a grandi passi prima che potessi dire una sola parola, lasciandomi stranamente disorientata. Cos'era appena successo? Stavamo davvero parlando della stessa cosa?

"Ancora non vai d'accordo con il signor Lupo?" Chiese Kylie, prendendomi sottobraccio mentre si avvicinava a me.

"A quanto pare," risposi. "Non sono neanche sicura di cosa gli abbia dato fastidio stavolta."

"Beh, non è esattamente la più rilassante delle giornate, no?" La mia amica appoggiò la testa sulla mia spalla. "Ho sentito di Nate, e di come sono andate le cose con i vampiri. Sembra che io abbia preso una decisione molto saggia a tenermene fuori. Si riprenderà?"

"Nessuno ne è ancora sicuro," risposi deglutendo a fatica. "Sembra che stia guarendo. Ma nessuno mi ha fatto promesse, quindi credo che non sia una certezza." E quanto tempo poteva volerci per guarire da tanti proiettili? Uno di essi gli aveva mancato di poco il cuore. E se non fosse riuscito a guarire completamente?

"È uno tosto," disse Kylie, stringendomi il braccio. "Sono sicura che se è arrivato fin qui, ce la farà."

"È quello che voglio pensare."

Una figura esile dai capelli fulvi emerse dal trambusto: Felix. Teneva in mano un piatto con qualche panino e verdure a fette. "Mutaforma drago," mi disse con un inchino del capo. "Volevo ringraziarti per averci coperto le spalle, ieri notte. Quei succhiasangue hanno avuto quello che si meritavano. E poi, hai mangiato qualcosa? So che sei stata con l'alfa orso per tutto il tempo, da quando siamo tornati."

Esitò, con aria improvvisamente incerta. "Anche lui ha combattuto valorosamente per noi. Mi dispiace, non sono riuscito a fermare il vampiro che l'ha colpito."

Il mio mento tremolò, ma riuscii a fare un sorriso. "Anche a me. Grazie. Non posso dire di avere fame, ma forse è meglio che mangi qualcosa."

Accettai il piatto, prendendo uno dei panini e offrendolo a Kylie. Lei sollevò un sopracciglio guardando Felix. "È solo per il mutaforma drago, o anche la sua amica umana ha il permesso di mandar giù qualcosa?"

Lui rispose con una smorfia, ma il modo in cui abbassò lo sguardo sembrava più di imbarazzo che di fastidio. "Ho visto le provviste che sei riuscita a farci arrivare. Davvero impressionante. Credo che ti sia meritata almeno un panino.”

“Mmm,” rispose sogghignando Kylie. “Mi chiedo cosa dovrei fare per guadagnarmi una bella bistecca. O una bella fetta di torta al cioccolato.”

Felix sgranò gli occhi. “Non credo che abbiamo della torta, al momento.”

Kylie scoppiò a ridere. “Tranquillo, sto scherzando. Grazie per il panino. E nessun risentimento, sono abituata a essere sottovalutata.”

Felix sembrò un po’ confuso, poi sorrise di nuovo. “Mi assicurerò di non farlo più.”

Nel frattempo, Marco aveva fatto il suo ingresso nella sala. Timothy, il luogotenente che i vampiri avevano pestato prima di mandarlo da noi con il loro messaggio, camminava con attenzione ma stabilmente accanto a lui, annuendo alle parole del suo alfa. Era la prima volta che lo vedevo in piedi da quando era arrivato lì barcollando, il giorno prima.

“Torno ai miei doveri di mutaforma drago,” dissi a Kylie e Felix. Mi affrettai a raggiungere il giaguaro e il suo interlocutore.

“Principessa,” mi salutò Marco con un sorriso, stampandomi un bacio sulla guancia. “Il mio luogotenente mi stava giusto raccontando cosa stanno combinando i ribelli rimasti.”

Inarcai un sopracciglio, rivolgendomi a Timothy. “Ieri notte il re ha accennato al fatto che i ribelli sono andati a parlargli. Tu li hai visti?”

Il mutaforma inclinò il capo. “Solo qualcuno. Da quello

che ho capito, sono gli unici rimasti del gruppo iniziale. O almeno, gli unici che hanno ancora intenzione di continuare a combattere. Ma sanno di non avere alcuna possibilità contro di te e gli alfa. C'era un vecchio dai capelli brizzolati; non ero abbastanza vicino da sentirne l'odore, ma sembrava un canide. Penso che lui fosse il leader, e li ha portati dritti dai vampiri."

Feci una smorfia. "Come possono allearsi con i vampiri? Non sanno che il re odia tutti i mutaforma?"

Timothy scrollò le spalle. "Non erano poi così amichevoli gli uni con gli altri. I succhiasangue li comandavano a bacchetta. Ma immagino che a loro importi più di concludere la battaglia che di quello che gli succederà dopo."

"Troppo orgoglio e poco buon senso," commentò Marco, storcendo il naso. "Beh, scommetto che impareranno la lezione molto presto." Diede una pacca sulla spalla al suo sottoposto. "Hai fatto un buon lavoro, Timothy. Per ora, continua a concentrarti sulla tua guarigione."

"Sei passato a dare un'altra occhiata a Nate?" Domandai al mio compagno mentre Timothy si allontanava.

Marco annuì. "Nessun cambiamento. C'è qualcosa che posso fare per dare una mano, qui?"

"Non lo so," risposi. *Io stessa* dovevo ancora trovare il modo di aiutare a prepararci per qualsiasi cosa i vampiri avessero in serbo per noi, quella notte. Ma vista la mia ultima interazione con West, il pensiero di chiedergli idee non mi sfiorava neanche.

Marco doveva aver notato qualcosa di strano nella mia

espressione. Mi sfiorò la guancia. "C'è qualcos'altro che non va?"

"No. È solo che…" Mi morsi il labbro. "West sembra arrabbiato con me. Non so se ho fatto qualcosa di sbagliato, ieri notte. Dopotutto *ho* perso il controllo del mio fuoco, e… Voglio dire, non è strano che sia scontroso, ma mi è sembrato un po' più esagerato del solito."

Marco mi rivolse un sorriso forzato. "Non penso che sia colpa tua, principessa. Il lupacchiotto… Beh, diciamo che sono sicuro che gli ultimi avvenimenti stanno suscitando in lui emozioni spiacevoli. E sembra che non riesca proprio ad affrontarle senza prendersela con chiunque abbia intorno."

Mi accigliai. "Che vuoi dire?" Era ovvio che l'attacco dei vampiri ci avesse sconvolti tutti, ma sembrava che Marco stesse alludendo a qualcosa di più.

Il giaguaro fece spallucce. "Non spetta a me parlartene. Probabilmente mi staccherebbe la testa a morsi – letteralmente. Ma non vedo perché non indicarti la direzione giusta. La prossima volta che ne hai l'occasione, chiedigli di parlarti di sua madre."

7

Ren

Il sole del tardo pomeriggio era già calato oltre le cime degli alberi, ma riusciva ancora a lambire i miei capelli scuri. "Abbiamo finito?" Domandai asciugandomi il sudore dalla fronte.

I mutaforma canidi diedero un ultimo sguardo alla fila di legna tagliata frettolosamente, appena fuori dalle mura della tenuta. "Penso che abbiamo fatto tutto il possibile," rispose Bertrand. "Riusciremo a tenere le fiamme accese per un bel po'. E se servisse, avremo anche il tuo fuoco da drago dalla nostra." Mi rivolse un sorriso rispettoso.

Almeno gli uomini di West credevano in me.

"Credo che sia quasi ora di cena," disse Felix leccandosi le labbra. Il lieve aroma di carne arrostita che proveniva dall'interno della casa si stava spandendo oltre il muro della tenuta. Il mio stomaco brontolò.

Attraversammo il terreno spianato attorno all'anello e varcammo il cancello. Bertrand spinse il portone alle sue spalle con un tonfo secco e lo chiuse a chiave. Poi ci radunammo tutti nella sala da pranzo.

La tenuta dei canidi non era elegante quanto le altre, ma quella stanza era comunque impressionante. Enormi travi di quercia attraversavano l'alto soffitto per tutto l'immenso spazio. Spessi tappeti si sovrapponevano l'uno all'altro sotto i tavoli in quercia abbinati, ognuno dei quali era abbastanza grande da ospitare venti persone. La luce danzava nei candelabri da parete sparsi in tutta la sala, anche se dalle finestre all'ingresso filtrava ancora abbastanza sole da renderli inutili.

Il profumo di arrosto si fece più intenso quando entrammo. Il mio sguardo si posò sul tavolo accanto alle finestre, quello destinato a me e ai miei compagni. Normalmente mi sarei seduta lì con West al mio fianco, perché mi mettesse in mostra come avevano fatto gli altri alfa. Ma visto che la tenuta era piena di rifugiati, i tavoli venivano usati solo per servire, e tutti mangiavano in piedi, gironzolando per la stanza.

Vidi Aaron e Marco all'estremità della sala, ma non riuscii a trovare l'alfa dei canidi.

West avrebbe mai voluto mettermi in mostra? Avevamo a malapena avuto l'occasione di parlare, da quando eravamo arrivati. E non potevo dare la colpa a lui – non proprio. I vampiri ci avevano tenuti fin troppo occupati.

Cosa pensavano i suoi simili del fatto che non avessimo ancora consumato il legame? Sembravano comunque trattarmi come se mi considerassero la *loro* mutaforma drago.

Tutto ciò che sapevo era che l'incertezza continuava a tormentarmi, come un vento impetuoso che mi investiva ogni volta che pensavo a quel tassello mancante nel mio ruolo. Nella mia *vita*. Avrei dovuto stare insieme a tutti e quattro gli alfa – i miei quattro compagni. E uno di loro continuava a mantenere le distanze, mentre un altro giaceva su quello che poteva rivelarsi il suo letto di morte.

Ero piuttosto sicura che quello non fosse il futuro che mia madre aveva desiderato per me, in tutti gli anni in cui si era sforzata di tenermi al sicuro. Anzi, ero certa che il pericolo e lo scompiglio di quella situazione erano esattamente ciò da cui aveva sperato di tenermi lontana.

Almeno adesso le mie possibilità di sopravvivere erano molte di più di quante ne avessi avute a cinque anni. Piccole vittorie.

Bertrand si fece avanti per prendere un filetto di maiale da uno dei tavoli, e io mi costrinsi a seguirlo. Non potevo permettermi di rimuginare sulle mie preoccupazioni, in quel momento. Per quanto fossi angosciata, ogni mutaforma in quella sala era la mia famiglia. Avevano bisogno che mi preparassi alla battaglia che ci aspettava, non che mi crogiolassi nelle eventualità catastrofiche che la mia mente inscenava.

Mangiavo, sorridevo e chiacchieravo con tutti i canidi – e qualche volatile – che si avvicinarono per parlarmi. Erano adulanti come la prima volta che li avevo incontrati, ma i loro occhi erano più tormentati. Mi ritrovai a rassicurarli più e più volte. "Non lasceremo che i vampiri vincano. Farò in modo che paghino per ciò che hanno fatto. L'unica cosa che non possono battere è il fuoco di un drago."

Sapevo che non era del tutto vero. I vampiri potevano sparare anche attraverso le fiamme. E non potevo promettere di averne abbastanza, considerando che la notte precedente non ero riuscita a proteggere Nate abbastanza in fretta.

Mi stavo sforzando di mangiare quanto permesso dal mio stomaco aggrovigliato, quando intravidi West vicino all'ingresso. Stava addentando un pezzo di focaccia, annuendo all'assistente con cui stava parlando. Poi scomparve oltre la porta.

Non mi diedi neanche il tempo di pensare. Lo seguii di corsa.

Il lupo stava svoltando un angolo quando raggiunsi il corridoio. Feci in tempo a vederlo girare in un'altra stanza, appena oltre la cucina. Che diavolo ci faceva lì?

Quando arrivai alla porta, mi fermai per un secondo prima di aprirla. Dall'altro lato della stanza, West alzò la testa di scatto.

Si trovava in quello che sembrava una specie di magazzino. Diverse taniche di metallo erano accatastate lungo una parete. Alla luce fioca della lampadina in alto, emanavano una lucentezza gialla opaca. Un pizzicore aspro mi solleticò il naso.

"Cherosene," disse West, notando il mio sguardo perplesso. "Ne teniamo una scorta di sicurezza in caso avessimo problemi con le tubature del gas. Siamo piuttosto isolati qui, in inverno… Comunque, stavo pensando che sarebbe meglio tenerlo a portata di mano, in caso ci serva combustibile extra."

"Oh. Potrebbe essere una buona idea." Feci un passo verso di lui, lasciando che la porta si chiudesse alle mie spalle. La mia pelle fu invasa dai brividi quando mi resi conto di quanto era piccola la stanza. Di quanto fosse poca la distanza tra me e il mio lupo.

West si sfregò la tempia e si passò le dita tra i capelli; le ciocche argentate scintillavano in mezzo al castano chiaro. Mi guardò, con le labbra strette e gli occhi indecifrabili.

"Mi dispiace per il modo in cui ti ho parlato prima," esordì con tono brusco, ma non sprezzante. "Ho troppi pensieri per la testa. Troppe cose da tenere sotto controllo. Avevi bisogno di qualcosa?"

Non erano le scuse più affettuose che avessi mai ricevuto, ma vedevo la sua sofferenza così chiaramente che ogni male per il quale provavo rancore svanì. "No," risposi, pentendomene subito dopo. Quando avrei avuto un'altra occasione di parlargli così? Era per questo che l'avevo seguito, no?

Feci un respiro profondo. "In realtà, sì. Voglio solo… capire. Questa guerra con i vampiri, o qualunque cosa sia… ti sta turbando più degli altri alfa."

West rispose con una risatina roca. "Siamo sul mio territorio. Questa è la mia tenuta. È la differenza tra padroni di casa e ospiti, Scintilla."

Lo fissai con uno sguardo insistente. "Non è solo questo." Perché era stato molto più nervoso, molto più preoccupato delle conseguenze di qualunque conflitto avessimo affrontato, da ancora prima che scoprissimo che i vampiri potevano attaccarci. Dal momento in cui mi aveva conosciuta. E, diavolo, forse da ancora prima, per quanto ne potevo sapere. "Marco mi ha detto che dovrei chiederti di tua madre."

West mormorò qualcosa sottovoce, e mi sembrò di sentire diverse parolacce e la parola 'gatto'. Scosse la testa, passandomi davanti per raggiungere la porta. "Non è una storia che ti farebbe piacere sentire."

Lo afferrai per il braccio, appena sopra il gomito, con abbastanza forza da fermarlo. Volevo ricordargli che poteva anche essere un alfa, ma stava parlando con un drago.

"Sì," dissi. "Voglio sentirla."

West mi guardò negli occhi per la prima volta da quando ero entrata nella stanza. Stando così vicina a lui, con la mano sulla solida curva del suo bicipite, mi sentii improvvisamente accaldata. Ma sostenni il suo sguardo. Non mi sarei tirata indietro, non quella volta.

"E va bene," cedette, allontanandosi dalla porta e da me con un solo movimento. In un attimo, riuscii di nuovo a respirare.

Il lupo girò la testa come per ispezionare le taniche. "Non c'è molto da dire. C'è un importante insediamento di fate non lontano da qui. Quando avevo quindici anni, abbiamo avuto uno scontro. Avevano detto agli alfa precedenti che potevamo occupare una parte del loro territorio ormai abbandonata. Poi hanno cambiato idea. Alcuni dei mutaforma più giovani alzarono la voce con le fate che fecero irruzione per dirci di andarcene. Io provai a mettere pace, ma ero alfa solo da quattro anni."

"E avevi solo quindici anni," aggiunsi. Presagendo come sarebbe andata a finire quella storia, il mio cuore stava già sprofondando.

"Ero abbastanza grande da conoscere le mie

responsabilità," disse West. "Pensavano che fossimo deboli, che avessero una scusa per estirparci e rivendicare un po' del nostro dominio per rinforzare il loro. Attaccarono il villaggio al confine di quelle terre. Uscimmo tutti a combattere – quelli che erano in grado di farlo."

Esitò. Quando riprese a parlare, la sua voce si fece rigidamente piatta. "Le fate ci stavano attaccando da ogni parte. Io ero l'alfa. Davo io gli ordini. Anche i miei genitori dovettero unirsi alla lotta. Mia madre era praticamente accanto a me. Una fata venne fuori dal nulla e si scagliò su di lei, gettandola a terra con un'esplosione.

Avrei potuto intervenire, salvarle la vita, ma nello stesso momento un'intera carica di fate si riversò su di noi dalle linee del fronte, dove la battaglia vera e propria stava infuriando, e i miei uomini stavano iniziando a cedere…"

Si fermò. Restò in silenzio per un lungo momento. "Corsi al fronte," disse. "Il più velocemente possibile. Chiamai tutti a me. Abbattei tre di quei bastardi luminosi da solo. Se non l'avessi fatto, sarebbe stato un massacro. Avremmo perso dozzine di vite in più. Avremmo potuto perdere un intero villaggio. Invece li respingemmo."

Un nodo mi stava stringendo la gola. "Ma tua madre morì."

"Sì," rispose duramente. "Ecco cos'è la vera lealtà, Scintilla. Ho giurato di servire la mia famiglia, come loro servono me. Avrei potuto essere egoista e anteporre una persona che amavo al bene del branco, ma sarei stato un alfa patetico. Devo metterli al primo posto, sempre. Ogni volta che mi mostrano la gola, quello che mi stanno dicendo è che sanno che non do per scontata la *loro* lealtà. Non li deluderò."

"E tutti sanno della scelta che hai fatto." Marco lo sapeva, e canidi e felini non erano esattamente amici del cuore.

West scrollò le spalle con durezza. "Se ne parlò molto, all'epoca. Soprattutto perché mio padre non approvò quella decisione. Aveva visto cos'era successo, ma era troppo lontano per aiutare mia madre di persona. Non mi ha più rivolto la parola dopo quella battaglia."

Lo fissai. West aveva quindici anni… e suo padre gli aveva fatto pesare quella decisione, una decisione che aveva salvato così tante vite, per *vent'anni*? "Praticamente eri ancora un bambino."

"Ero l'alfa," ribatté West, guardandomi di nuovo come per sfidarmi a colpevolizzarlo anch'io.

Ma non lo feci. Non lo avrei biasimato se avesse salvato sua madre, ma invece aveva fatto un sacrificio. Una vita per salvarne molte, per proteggere un villaggio, per ribaltare le sorti della battaglia. Non riuscivo neanche a immaginarlo. Se fosse stata *mia* madre…

Una nuova consapevolezza mi colpì come uno schiaffo in faccia. Mi ci volle qualche secondo per formulare le parole.

"Devi aver odiato mia madre," dissi. "Per quello che ha fatto. Per avervi lasciati per tutto quel tempo, solo per proteggere me." Per i suoi standard, lei era stata terribilmente debole.

Non mi aspettavo di vedere l'espressione di West addolcirsi. "Ren…" Iniziò. "L'ho fatto. Per molto tempo. Ma io non so cosa significhi trovarsi in quei panni, né avere tutte le responsabilità in più che derivano dall'essere un mutaforma drago. Forse scappare e salvarti è stata la cosa migliore che potesse fare per noi. Di sicuro sarebbe potuta andare molto peggio."

Saremmo potuti morire tutti, e la stirpe dei draghi avrebbe potuto estinguersi completamente. Stava dicendo che adesso era sicuro che la sua famiglia stava meglio con me, piuttosto che arrangiandosi da sola?

"Comunque," proseguì. "Come compagno alfa, anche Nate è parte della mia famiglia. Se fossi intervenuto più in fretta, ieri notte, prima che quel vampiro premesse il grilletto…" Sospirò. "*Quella* è una mia responsabilità. Noi alfa dobbiamo rimanere forti. Uniti. Non oso immaginare cosa ci farebbero quei succhiasangue se crollassimo."

E quando avremmo battuto i vampiri? Credeva che dovessimo rimanere uniti anche dopo?

Il cuore iniziò a martellarmi nel petto. "West," dissi, "se tu…"

Un grido di allarme risuonò dal fondo del corridoio. Entrambi ci dirigemmo verso la porta.

"Sono qui!" Urlò qualcuno. "I vampiri sono fuori dalle mura."

8

Ren

"Via dalle porte!" Gridò West mentre ci precipitavamo tra la folla irrequieta verso le porte principali. "Se vi è stato assegnato un compito, venite fuori con me. Tutti gli altri, rimanete in casa. Siete più al sicuro dietro queste mura. È un ordine!"

La paura nell'aria era palpabile, come un brivido pungente. Mormorii inquieti serpeggiavano tutto intorno a noi. Il cuore mi martellava nel petto. Ospitare tutti i mutaforma evacuati in quella tenuta significava avere meno mura da difendere, ma voleva anche dire che avremmo dovuto impegnarci molto di più per proteggere quelle in cui ci trovavamo. Non potevamo permettere che anche solo un vampiro irrompesse.

Oltrepassai la porta insieme a un gruppo di guardie di West e altri uomini che si stavano unendo alla battaglia.

Sandra, la mutaforma lupo mandata in perlustrazione quel pomeriggio, corse al nostro fianco. Aveva il viso arrossato e il respiro corto. "Sono tornata non appena ho visto i furgoni. Avrò avuto sì e no un paio di minuti di vantaggio. Saranno qui da un momento—"

Il rombo dei motori risuonò dall'altra parte delle mura. Eccoli lì. West agitò il braccio per aria. "Ai vostri posti. Tutti pronti. Li abbatteremo come abbiamo pianificato."

Sapevo qual era il mio ruolo. Volevo dire qualcosa a West, per dimostrargli quanto avessi apprezzato che si fosse aperto con me, ma i nostri nemici erano lì fuori. Non potevo perdere neanche un secondo.

E dopo la storia che mi aveva appena raccontato, ero certa che non lo avrebbe voluto.

Mi strappai di dosso il vestito mentre scendevo di corsa i gradini dell'ingresso, poi mi scagliai in aria. Le ali mi spuntarono di colpo, estendendosi come il resto del corpo. Nessuna trasformazione graduale. I miei muscoli stridevano, i nervi si intrecciavano. Ero già in volo, a librarmi con le mie squame, prima ancora che i vampiri apparissero.

Sentii le porte dei furgoni sbattere, i piedi frusciare nella boscaglia. Le pistole si caricarono con un clic, pronte a sparare. Il re era lì?

Dopo il modo in cui aveva abbandonato la battaglia, la notte precedente, ne dubitavo. West guidava la nostra difesa in prima linea, e il capo dei nostri nemici non si scomodava neanche per vedere i risultati dei suoi ordini.

Digrignai le zanne, agguerrita. Se avessi rivisto il re dei vampiri, non gli avrei dato modo di salvarsi di nuovo.

Sarebbe diventato cenere croccante prima ancora di battere le palpebre.

I succhiasangue si muovevano nella foresta, lungo il margine dell'anello di terra che avevamo liberato. Le loro sagome pallide si confondevano nell'ombra. Si stavano sparpagliando, circondando la tenuta, proprio come ci aspettavamo. E non si avventuravano troppo vicino all'area con la legna ammassata. Evidentemente, lo scopo di quella barriera era troppo ovvio.

Ma non volevamo incendiarla finché non saremmo stati costretti. Quella legna doveva durarci l'intera nottata, finché il sole non avrebbe scacciato i vampiri rimasti.

Anche gli uomini di West si sparpagliarono, prendendo posizione lungo le mura. Pronti a saltare e ad accendere il fuoco, se necessario, o a respingere eventuali vampiri che avessero cercato di scalare le mura. Mentre sorvolavo il cortile anteriore, Kylie emerse da uno dei capannoni con il lanciafiamme che aveva fatto costruire da uno dei suoi contatti. Quando gli passò davanti, Felix si voltò di scatto, sbigottito. Oh, sì, d'ora in avanti non l'avrebbe più sottovalutata.

Non volevo che nessuno dei miei compagni dovesse lasciare la protezione delle mura. Se fossi riuscita a incenerire tutti i vampiri prima che avessero fatto irruzione nella tenuta – e prima che io avessi perso il controllo della trasformazione – nessun altro mutaforma avrebbe raggiunto Nate nella stanza dei guaritori, quella notte.

Improvvisamente, degli spari risuonarono dall'altro lato della tenuta. Mi voltai per seguire quel suono, e i vampiri vicini al cancello avanzarono. Oh, no, non l'avrebbero passata liscia. Virai bruscamente a sinistra, raccogliendo le fiamme nella mia gola.

Il mio fuoco colpì tre succhiasangue, crepitando. Altri colpi d'arma da fuoco rimbombarono dalla foresta. I proiettili mi lacerarono il bordo inferiore delle ali, provocandomi una fitta acuta.

Mi spinsi verso l'alto, fuori dal raggio d'azione delle pistole, e poi mi rituffai in picchiata. Erano visibili qua e là tra gli alberi: un non–morto, poi un altro, un altro ancora. Ne colpii due prima che potessero puntare le armi verso il cielo. Il terzo aprì il fuoco.

Riuscii a scostarmi di lato giusto in tempo, evitando il peggio della scarica di proiettili. Una nuova fitta di dolore s'irradiò nella mia ala destra.

Sotto di me, ai piedi del muro, un gruppo di vampiri era riuscito a correre verso la tenuta. Fecero un salto verso la parete, lanciandosi più in alto di quanto qualunque umano avrebbe potuto fare, con le pistole pronte a mettere a segno i primi colpi.

Virai verso di loro, trattenendo il fuoco che mi bruciava in fondo al palato. La guardia sulla piattaforma all'interno delle mura sbatté il cranio di uno degli intrusi contro i blocchi di pietra. Kylie si arrampicò per raggiungerla, e fece fuori un altro vampiro con un colpo di lanciafiamme. Entrambi rotolarono di nuovo a terra, mentre lo scoppiettio delle mitragliatrici crepitava dal limitare della foresta.

Poi venne il mio turno contro i vampiri. Sputai una striscia di fuoco rovente sul resto del gruppo che si arrampicava sul muro, poi mi girai per colpire quelli che si nascondevano tra gli alberi.

Tra i tronchi d'albero anneriti, non riuscivo a capire quanti ne avessi presi. Si tenevano troppo indietro, ma abbastanza vicini da avere una chiara linea di tiro. La foresta era troppo fitta perché potessi eliminarli facilmente senza incendiare tutto.

Altri spari risuonarono dalla parte opposta della tenuta. Mi girai, sbattendo più forte le ali. Anche quella volta, non potevo essere dappertutto. Ma dovevo eliminare qualche altro succhiasangue prima di ritirarmi e lasciare che la barriera ad anello facesse il lavoro per me. Ce n'erano ancora troppi. Se il fuoco si fosse spento prima dell'alba, se anche solo qualche vampiro avesse oltrepassato le mura, quella battaglia si sarebbe trasformata in un bagno di sangue.

Feci piovere fiamme su un altro gruppo di vampiri che si era lanciato contro il muro. Due dei mutaforma erano alle prese con uno di loro che era riuscito a scavalcare. Mi fiondai su di lui. Gli partirono un paio di colpi prima che le guardie riuscirono a strappargli la pistola di mano. Del sangue schizzò sulle spalle di una di loro. Aveva tagliato la gola al vampiro.

Quando il corpo del non–morto si accasciò in stasi, le guardie fecero un salto indietro, lanciandomi un'occhiata. Oh, certo che potevo finire il lavoro. Soffiai una palla di fuoco sul vampiro, incurvando le labbra in un sorriso draconico mentre si riduceva in polvere.

Il mio sorriso non durò a lungo. Mi voltai verso la foresta, e una cacofonia di spari squarciò l'aria. Miravano tutti a me. I vampiri sapevano chi era la minaccia più grande per loro. Sputai fiamme ai margini della foresta, ma non abbastanza in fretta. La pioggia di proiettili era stata rivolta di nuovo alle mie ali, dove le squame erano più morbide e la carne meno spessa.

Sbattei le ali, spingendomi più in alto. L'aria attraversava le mie ferite, procurandomi dolore a ogni movimento. Altri spari rimbombarono da sotto di me. Nuovi proiettili dilaniarono la mia tenera carne. Versai altro fuoco, ma le armi continuavano a esplodere. Ogni proiettile mi perforava il corpo, provocandomi pulsazioni lancinanti. I miei pensieri cominciarono a frammentarsi.

Dovevo continuare a lottare. Dovevo fermarli tutti. Ma erano troppi, e le ali ormai mi reggevano a malapena. Ogni sferzata d'aria che le colpiva era un'agonia.

La mia concentrazione si dissolse in una nube di dolore. Non potevo cadere al di fuori delle mura. Avrebbero provato a salvarmi, e i vampiri li avrebbero massacrati. Ma c'era un'ultima cosa che potevo fare per proteggere i miei mutaforma. Se avessi dato fuoco all'anello, nessuno di loro si sarebbe potuto avventurare oltre le mura con quell'intento.

Le mie ali furono scosse da un sussulto. Un'altra raffica di proiettili si era abbattuta su di me. Alcuni mi bucarono ancor di più le ali, altri rimbalzarono sulle squame più spesse, altri ancora si conficcarono nel mio fianco. Sputai un ultimo getto di fuoco mirando al cerchio di legna.

I tronchi e i rami sibilarono. Le fiamme avvamparono lungo l'intero anello in una danza ondeggiante. Con un sorriso di sollievo, lasciai il mio corpo cadere verso il muro.

Il mio ginocchio sbatté contro le pietre, ma ruzzolai di lato, cadendo all'interno della tenuta. Sentii voci e passi affrettarsi a raggiungermi prima ancora che toccassi terra, già di nuovo umana.

L'impatto provocò una nuova ondata di agonia che mi attraversò le spalle e la schiena. Gridai, trasalendo sul terreno bagnato del mio sangue. Poi il dolore annebbiò del tutto la mia mente, e il mondo si fece nero.

Ripresi conoscenza lentamente. Per prima cosa sentii il dolore sordo e pungente che mi attanagliava la schiena e i fianchi, dove le ali da drago si erano ripiegate nel mio corpo umano. Poi, quando cercai di girarmi, un dolore più profondo mi bruciò nelle costole. Ero coperta da un lenzuolo morbido. Odori contrastanti mi pizzicavano le narici: sangue e sudore, pulito e dolce.

Sbattendo le palpebre, riuscii ad aprire gli occhi.

"Ren!" Esclamò Kylie. Era in piedi davanti a me, accanto al letto, con le mani strette a pugno che poggiavano sul materasso. Le ciocche rosa del suo taglio corto ricadevano flosce e i contorni dei suoi occhi erano segnati da cerchi scuri. Eppure mi regalò il suo sorriso più brillante. "Come ti senti? Vuoi che chiami i guaritori?"

Giusto. Ero di nuovo lì, nella stanza dei guaritori. Restai immobile, guardandomi intorno. Una luce pallida filtrava dalle finestre. Bene, voleva dire che avevamo resistito fino al mattino senza perdere la tenuta. C'erano altre figure nella stanza, distese sotto le lenzuola, ma riuscivo a sentire il brusio dei loro respiri nel sonno. Erano ancora tutti vivi.

Tutti quelli che erano lì dentro, almeno.

"Dolorante, ma a parte questo sto bene," risposi a Kylie, incrociando nuovamente il suo sguardo. "Non credo di aver bisogno di aiuto. Cos'è successo stanotte? Gli altri stanno bene?"

"Abbiamo respinto i vampiri," disse. "Ci sono alcuni mutaforma feriti, ma siamo sopravvissuti tutti."

Avrebbe dovuto essere una notizia fantastica, ma il suo sorriso era poco convinto. Mi spinsi su per sedermi, trasalendo al movimento. La mia schiena pulsava per il dolore, ma dovevo sapere. "Cosa c'è? Qualcosa ti preoccupa."

"Sei fin troppo brava con questa cosa delle percezioni," disse la mia amica agitandomi un dito contro. "E credo proprio che dovresti restare sdraiata finché qualcuno non ti darà un'altra occhiata."

Quando non mi mossi, Kylie lasciò andare un sospiro. "Non so cosa ci sia che non va. Ma i vampiri si sono ritirati dopo un paio d'ore dall'inizio dell'incendio. Se ne sono andati senza guardarsi indietro, ma non hanno mandato alcun messaggio di resa né hanno detto niente. I ragazzi pensano che stiano escogitando qualcos'altro, ora che hanno scoperto la nostra strategia."

Certo che lo stavano facendo. Soppressi un lamento. "Fantastico. Beh, direi che almeno abbiamo la fortuna di avere tutta la giornata davanti per prepararci."

"E perché tu ti riprenda," aggiunse Kylie, dandomi una leggera spinta. "Eri davvero ridotta male, Ren. Solo perché sei un drago non significa che tu sia immortale, sai."

"Credimi, non ne sono mai stata così consapevole come in questo momento." Allungai un braccio e poi l'altro, facendomi forza contro i dolori che mi trafiggevano muscoli.

"Dovrei andare ad avvisare i ragazzi, vorranno sapere che sei sveglia. Sono rimasti a gironzolare qui con aria angosciata per un bel po', sai, ma poi sono dovuti tornare a sbrigare le loro faccende da alfa. Forse a loro darai più ascolto di me, quando ti diranno che devi riposarti."

Storse il naso facendomi una smorfia, e io le sorrisi. Poi sentii il lieve brontolio di una voce dal letto dietro di me.

"Non devi andare lontano per dirlo a me."

"Nate!" Mi girai di scatto sul letto, così velocemente che il dolore mi dilaniò. Ma non m'importava di patire una dose extra di sofferenza in cambio di uno sguardo da parte di quei caldi occhi castani, finalmente. Scesi dal materasso e mi arrampicai sulla sua branda, rallentando per stendermi accanto a lui. Se il mio corpo faceva così male per le ferite della notte appena trascorsa, non immaginavo come potesse sentirsi lui con tutti i colpi che aveva preso.

Il mio compagno mi avvolse il braccio muscoloso attorno alla vita, tirandomi ancora più vicino. Mi accoccolai a lui, inspirando il suo profumo muschiato e speziato. Il mio cuore traboccò di gioia. "Ero così in pensiero per te. Sei rimasto privo di sensi per un giorno *intero*, sai."

Nate rispose con una risatina roca. "Sembra che anch'io avrei dovuto essere in pensiero per te. Ti sei lanciata nel mezzo della battaglia come al solito?"

"Qualcuno doveva pur portare il fuoco," dissi. "Comunque, senti chi parla. Dopo la notte alla stazione di servizio, non credo tu sia la persona più adatta a dare consigli."

"Mmh. Di certo non ho voglia di ripetere l'esperienza."

Kylie rise divertita. "Beh, immagino che non abbia importanza in quale letto siete stesi, purché lo rimaniate. Non fate troppo i birichini, dico solo questo. Vado a cercare gli altri."

"Grazie," gridai mentre lasciava la stanza. Inclinai la testa all'indietro per baciare Nate e gli avvolsi la schiena con un braccio. Le lievi deformazioni delle sue ferite sulla pelle mi fecero esitare. "Non ti faccio male, vero?"

"Ren", mormorò, "non c'è altro luogo al mondo dove ti vorrei in questo momento se non qui con me. Perciò non osare spostarti di un centimetro."

Mi stampò un bacio sulla fronte e si sistemò in modo che i nostri corpi s'incastrassero ancora meglio. Mi rannicchiai nel suo calore, lasciando che i miei occhi si chiudessero. Meritavamo entrambi una piccola tregua prima di affrontare qualunque cosa i vampiri avessero intenzione di scatenarci addosso, giusto?

9

West

Scrutai la mia cicatrice allo specchio mentre preparavo una nuova fasciatura. Quella mattina, il contorno della vecchia ferita era ancora di un colore rosso vivo, ma per lo più il suo bagliore era giallastro. Un giallo malaticcio, come l'ansia che mi stringeva il petto.

Guardai accigliato la macchia di colore, poi la coprii con la benda. Maledette fate. Solo loro potevano uscirsene con una ferita capace di perseguitarti più di un decennio dopo.

Certo, al momento mi sentivo ancora meno entusiasta dei vampiri. Il mio cipiglio s'inasprì mentre indossavo una camicia pulita, sostituendo quella che ero stato troppo impegnato per cambiare dal giorno prima. Ero circondato da mutaforma che mi correvano intorno e facevano tutto quello che mi venisse in mente per prepararci alla nottata... Ma chi diavolo sapeva cosa avremmo dovuto aspettarci? Era chiaro che i vampiri non sarebbero stati contenti finché non ci avessero massacrati tutti.

Proprio come avevano quasi fatto con Ren, la notte precedente.

Il mio battito accelerò al ricordo del suo corpo in picchiata e crivellato di proiettili. Strinsi i denti e mi voltai verso la porta.

Proprio mentre la donna in questione irrompeva nelle mie stanze.

Gli occhi del mio drago brillavano per l'emozione; il suo viso era attraversato da un sorriso raggiante. Ma dalla sua leggera esitazione, mentre si chiudeva la porta alle spalle, capii che provava ancora dolore. Per forza. L'ultima volta che l'avevo vista, era accasciata priva di sensi sul letto della stanza dei guaritori, mentre la sua carne si ricomponeva.

"Nate è sveglio!" Annunciò. "Sta bene. È ancora un po' debole per le ferite, ma sta bene."

Il suo profumo mi raggiunse – quell'impetuosa dolcezza mista al muschio del mutaforma orso. Perché, beh, figuriamoci se non si erano saltati addosso a vicenda nell'istante in cui si era svegliato.

Una ridicola fitta di gelosia mi trafisse. Avrebbe *dovuto* andare subito da lui. Era lui il suo compagno, ed era quasi morto. Soffocai quella sensazione e la misi da parte, insieme a una dozzina di altre emozioni che stavo cercando di reprimere.

"E tu dovresti tornare nella stanza dei guaritori, non

correre a dirmelo," risposi. "Neanche tu sei del tutto guarita."

"Ho *camminato*," disse Ren. "E pensavo che volessi saperlo, dopo tutto quello che hai detto ieri. Kylie ha trovato Marco e Aaron, ma tu eri nascosto chissà dove."

"Sono appena tornato, stavamo preparando altre cose sull'autostrada," tagliai corto. "L'avrei scoperto presto. Dovresti concentrarti di più sul prenderti cura di te stessa."

Aveva appena represso una smorfia piantandosi le mani sui fianchi? Per l'amor del cielo, in quel momento non doveva né camminare, né stare in piedi, né fare altro che starsene distesa.

"Sto bene," ribatté lei, ostinata come al solito. "È stato un combattimento difficile, ma l'abbiamo superato. Non devi trattarmi come una smidollata."

Non si rendeva conto di quanto si fosse trovata vicina alla *morte*? La mia pazienza si esaurì. "Non lo farei se tu capissi che non puoi fare tutto. Ti sei fatta praticamente massacrare, ma abbiamo comunque avuto bisogno del fuoco di riserva, non è così?"

Ren trasalì visibilmente. Non per le sue ferite, ma per la mia risposta.

In un attimo, vidi il suo viso incupirsi, la gioia svanire dai suoi occhi. Era venuta lì traboccante di una felicità che aveva tutto il diritto di provare, e io ero riuscito a distruggerla in meno di un minuto. Mi si strinse il cuore.

"Non lo so…" Disse con voce incerta. Agitò timidamente il braccio, sbattendo le palpebre come per cercare di trattenere le lacrime. "Non so cosa faccio di sbagliato. Ma se dopo tutto questo tempo ancora non credi che io sia abbastanza, perché non ci chiedi di andar tutti via, così puoi fare quello che meglio ritieni senza un drago?"

Le sue parole mi straziarono. Davvero credeva—

Si stava già girando, asciugandosi gli occhi con le spalle tese. Non potevo lasciare che se ne andasse così. Al diavolo i piani, al diavolo i principi, al diavolo le buone intenzioni. Se quello era il loro risultato, evidentemente non valevano molto.

"Ren." L'afferrai per il gomito mentre si dirigeva alla porta. Si voltò con espressione diffidente.

Improvvisamente, non sapevo più cosa fare di me stesso. Avevo guidato centinaia di mutaforma da quando ero un ragazzino. Perché parlare con quella donna era così maledettamente difficile? Era destinata a me.

E io ero destinato a lei.

Appoggiai l'altra mano alla parete accanto a lei, avvicinandomi quel tanto che bastava per sentire il calore emanato dal suo corpo. Ma non così vicino da impedirle di divincolarsi dalla mia presa e di allontanarsi, se era quello che voleva.

Lei rimase lì, però. Con lo sguardo fisso su di me. Deglutii a fatica.

"Mi dispiace," dissi, costringendomi a continuare a guardarla. Se vedere il dolore sul suo volto faceva male anche a me, beh, era solo colpa mia. "Tu sei più che abbastanza. Sei dannatamente pazzesca, Ren. Mi dispiace di averti fatto credere il contrario. Quello che non so è se io sarò mai degno di *te*. Ma ci proverò. Te lo prometto."

"West..." La sua espressione si fece perplessa. "Ma

tu… Pensavo che… Hai continuato a comportarti come se non fossi ancora sicuro.”

“Non era mia intenzione. È solo che ultimamente è stato tutto così complicato…” Non sapevo neanche come spiegarlo. “Sono sicuro. Lo sono da un po’.”

Ren inarcò le sopracciglia. “E da quando?”

Quella era l’unica cosa che potevo dirle con certezza. Sapevo esattamente qual era stato il momento in cui il mio cuore si era ribellato, facendomi capire quanto fossi stato stupido. Avevo ancora quell’istante impresso nella memoria: lei era nuda e coperta di sangue, ai margini della radura, con gli occhi colmi di dolore.

“Da quando abbiamo teso l’imboscata ai ribelli con i mutaforma eterogenei. Il modo in cui hai cercato di salvare quella guardia di Nate. Quanto eri sconvolta per non esserci riuscita. Se ti importava così tanto di un topo muschiato che aveva considerato l’idea di tradirci… Non potevo chiedere di più che una compassione del genere, per tutti i nostri simili.”

“Ma questo… questo è successo *giorni* fa, West. Perché diavolo non hai detto niente?”

Aprii la bocca e la richiusi, cercando le parole giuste. I miei ragionamenti avevano molto più senso quando li elaboravo da solo, nella mia testa.

“Sono successe tante cose,” dissi. “I ribelli, la sfida di Marco e ora i succhiasangue che seminano il caos… So che ho molto da farmi perdonare, per come ti ho trattata. Non volevo che dovessi preoccuparti anche di me, mentre affrontavi tutto il resto. Quando le cose si saranno sistemate, quando avrai tempo per respirare, potrai decidere con calma se ti senti sicura di me. Posso dimostrarti che sarò un buon compagno. Io–"

"Oh, West," m'interruppe, così dolcemente che il mio cuore saltò un battito. Mi posò una mano sul petto. "Non hai bisogno di dimostrarmi niente. So già chi sei. Io ti voglio. Anche adesso, se significa che posso averti."

Adesso. Sembrava un'idea davvero, davvero meravigliosa. La fissai, e tutto ciò che vidi nei suoi occhi era lo stesso desiderio che pervadeva me.

Mi voleva. Voleva *me*, anche in quel momento, nonostante tutto.

La diga dentro di me si aprì, liberando un'ondata di bramosia più potente di quella che pensavo di aver soppresso. Colmai gli ultimi centimetri che ci separavano e catturai le labbra di Ren con le mie.

Il mio drago ricambiò il bacio con altrettanta passione. Le sue dita si arricciarono sulla mia camicia, tirando il mio corpo sul suo, mentre con l'altra mano prese ad accarezzarmi i capelli. La spinsi contro il muro, con quel tanto di autocontrollo che mi permise di stare attento alle sue ferite. Tutto di lei sapeva di paradiso – il suo sapore, il suo profumo. Perché diavolo mi ero privato di quel piacere per così tanto tempo?

Non aveva importanza. Adesso era lì con me. S'inarcava verso di me mentre le stringevo la coscia; gemeva mentre la mia lingua lambiva la sua. L'impulso possessivo che avevo tentato così a lungo di seppellire riaffiorò, e non avevo più voglia di frenarlo.

Strinsi i suoi fianchi ai miei, alzandole la testa per reclamare la sua bocca ancor più avidamente. Le sue mani mi cinsero la nuca. Intonava versi vogliosi, e sussultò quando lasciai le sue labbra per leccare e mordicchiare la sua mascella.

"Sei mia," sussurrai. "Mia." Non ci avevo mai creduto davvero fino a quel momento. Non ero neanche ancora sicuro di crederci.

"Sono tua," approvò Ren con un sospiro beato. "E tu sei mio."

Qualcosa in quelle tre semplici parole mi fece stringere la gola per l'emozione. Mi tirai indietro per guardarla negli occhi.

"Sì. Sono tuo dal primo istante in cui ti ho vista, anche se ero troppo testardo per accettarlo."

"Testa di lupo," mormorò con una risatina senza fiato, facendomi perdere la testa. Mi abbandonai di nuovo a lei, al calore della sua bocca, al suo corpo che si strusciava sul mio, che mi incendiava da capo a piedi in un modo in cui ero più che felice di bruciare. La mia mano scivolò fino a cingerle il seno. Ne accarezzai la punta attraverso il cotone del vestito e, quando lei sollevò il mento, marcai il mio territorio con i denti lungo l'altra sua guancia.

In quel primo momento, non colsi il significato del suo gesto. Poi lo sollevò ancora di più, non solo per darmi più spazio di manovra, ma offrendomi platealmente tutta la pallida lunghezza della sua gola.

Mi mancò il respiro. Per un secondo, l'unica cosa che potei fare fu mangiare con gli occhi la sua vulnerabile pelle, che aveva messo in mostra così tranquillamente. Era la più alta manifestazione di fiducia che un mio simile potesse offrire all'altro. Un atto di totale sottomissione, che riponeva la sua vita nelle mie mani.

Com'ero diventato degno di un onore così grande?

Avrei fatto meglio a esserne *all'altezza*. Chinai la testa, stampando il bacio più tenero che potessi al centro della gola della mia compagna. Non fui in grado di fare altro.

"Oh, Scintilla," mormorai con voce roca. "Non avrai mai bisogno di sottometterti a me."

Ren abbassò la testa per incrociare i miei occhi, sollevando un angolo della bocca. "Pensavo che potremmo fare a turno, per mantenere le cose eque."

Una risatina rude lasciò le mie labbra, e non seppi far altro che baciarla di nuovo. Con decisione, con desiderio, con tutta la passione che avevo passato settimane a rinnegare.

Ren

Le mie labbra assaporavano quelle di West, godendo del calore che irradiavano. I miei nervi fremevano per la gioia di averlo lì, in quel modo, che si concedeva a me e mi faceva sua senza alcun ritegno. Ma chi volevo prendere in giro? Volevo di più, molto di più. Volevo tutto.

Le mie mani scivolarono sul suo petto fino ad afferrare l'orlo della sua camicia. La tirai verso l'alto. Con un ringhio famelico, West si staccò dalle mie labbra per sfilarsela, tornando a catturare la mia bocca un istante dopo. Le sue mani vagarono sul mio corpo fino a trovare la lampo sotto il mio braccio. Con uno strattone secco, il morbido tessuto del mio vestito cadde ai miei piedi.

Non mi ero preoccupata d'indossare un reggiseno mentre uscivo di corsa dalla stanza dei guaritori. I miei capezzoli s'inturgidirono al tocco del petto nudo del mio compagno. Mi sfuggì un mugolio mentre lo baciavo più intensamente, ma un fremito di disagio s'insinuò nella mia bolla di piacere. Non ero guarita del tutto, e i miei muscoli iniziavano a ribellarsi allo stare in piedi così a lungo.

Beh, non avevo più una ragione in particolare per restare in piedi. Spinsi West all'indietro, verso il letto, facendo attenzione alla benda che copriva la sua cicatrice. Lui si gettò uno sguardo veloce alle spalle, poi curvò le labbra in un sorriso impaziente. Con un luccichio negli occhi verde scuro, mi prese in braccio. In pochi rapidi passi, ci fece cadere entrambi sul letto, chinandosi su di me. Poi la sua bocca si avventò di nuovo sulla mia.

"Scintilla," mormorò accarezzandomi i seni. Adesso quel soprannome non sembrava altro che un complimento devoto. I suoi pollici mi sfiorarono i capezzoli, facendomi gemere. I miei fianchi si inclinarono verso i suoi di loro iniziativa – volevo sentirlo su di me anche lì. La sua durezza premette sul mio ventre.

Ci fece girare con un movimento fluido, lasciandomi a guardarlo dall'alto. Sollevandosi su un gomito, infilò le dita tra i miei capelli e reclamò un altro bacio. Mi strusciai su di lui, incapace di trattenermi. Sentire il rigonfiamento sotto i suoi pantaloni mi faceva girare la testa.

West gemette. Si tirò indietro per un secondo, sostenendo il mio sguardo. Poi, del tutto volutamente, gettò la testa all'indietro per mostrarmi la gola.

Il mio cuore si fermò per un secondo, forse due. Avrei giurato che quell'uomo – quell'*alfa* – non avesse mai offerto la sua gola a nessuno, se non all'alfa che lo aveva preceduto, anni e anni prima. Avevo già creduto a tutto quello che mi aveva detto sui suoi sentimenti, ovviamente. Al vederlo mentre mi offriva volontariamente quella vulnerabilità, però, la verità mi colpì ancor più duramente.

Ero sua. E lui era mio. Tutto mio.

Colta dall'emozione, mi chinai per tracciare dolcemente una scia di baci dalla sua mascella all'incavo della sua gola, oltre il pomo d'Adamo. Poi continuai a scendere. Più giù, lungo il suo petto, sugli addominali sodi, sulla fibbia dei suoi jeans. Di quelli me ne sarei sbarazzata alla svelta. Le mie nocche sfiorarono la sua erezione mentre abbassavo la cerniera. West trattenne il fiato.

Prima che potessi mettere in pratica le mie intenzioni, lui mi afferrò per le spalle e mi spinse su, rotolando su di me nello stesso movimento. Quando parlò, la sua voce era ancora più rude del solito.

"Se potrò stare dentro di te, voglio che avvenga solo in un modo."

Una vampata di calore s'impadronì del mio sesso, come se fosse già lì. "Allora sbrigati," esclamai. "Hai idea di quanto tempo abbia dovuto aspettare per poterti chiamare ufficialmente 'compagno'?"

West emise un verso roco. Poi la sua bocca si schiantò di nuovo sulla mia, come se volesse disperatamente assaggiarmi ancora una volta. Entrambi strappammo via i suoi jeans, e in quella foga, da qualche parte, scomparvero anche i miei slip. Le sue mani vagavano sulle mie cosce mentre la sua virilità marmorea si strofinava sul mio clitoride. Ansimai, aggrappandomi a lui e avvolgendo la sua vita con le gambe per esortarlo ad andare fino in fondo.

Un fremito percorse l'intero corpo di West. Poi affondò dentro di me in un solo colpo, fino alla base della sua erezione. Un gemito mi sfuggì dalle labbra.

"Ren," mormorava al ritmo delle sue spinte. "Ren." Come se mi stesse rivendicando e pregando allo stesso tempo. Il bagliore del nostro legame mi attraversò tutta, risplendendo così tanto da annebbiarmi la vista. Era luminoso e completamente solido per la prima volta. Poi quell'ondata di calore si unì al resto dei legami con gli altri alfa, nel mio petto.

Avevo finalmente i miei compagni, tutti, esattamente com'era destino che fosse.

West si spinse dentro di me, riempiendomi e completandomi con un bruciore inebriante. Accarezzai con le mani ogni centimetro della sua pelle che riuscivo a raggiungere, dai muscoli che avvolgevano le sue spalle fino al suo petto. Lo incontravo a metà strada a ogni sua spinta, con il respiro spezzato dagli ansiti. Ogni movimento dei suoi fianchi mi spingeva più in alto, in un'ondata di estasi che non faceva che crescere, fino a minacciare di esplodere.

Lui s'inarcò, chinandosi per lambire uno dei miei capezzoli con la lingua. Il suo sesso mi toccò in un punto più dolce, e il mio orgasmo divampò come fuochi d'artificio. Ansimai, stringendomi attorno a lui. Anche il suo respiro si fece affannato. "Cazzo," mormorò, muovendosi più velocemente. Con un ringhio, mi seguì oltre l'apice.

Dondolammo l'uno sull'altra fino a fermarci, con la pelle madida di sudore dove i nostri corpi si stringevano.

Un verso di soddisfazione vibrò nel petto del mio compagno. Poi si stese accanto a me, cingendomi la vita con un braccio e sfiorandomi la guancia con il naso.

"Mia," sussurrò un'ultima volta.

Io sorrisi e mi rannicchiai nel suo abbraccio. "Mio."

10

Ren

Mi assopii per qualche minuto, finché uno strano bagliore al di là delle mie palpebre non mi riportò alla lucidità. Riaprii gli occhi sbattendoli, accoccolandomi a West e inspirando il suo profumo intenso di terra e pini.

In qualche momento, durante la nostra unione, la sua benda era caduta. La lucentezza che avevo notato proveniva dalla sua cicatrice. Non l'avevo mai vista così da vicino: una leggera rientranza dai bordi irregolari segnava i confini di un'esplosione magica.

"Ha cambiato colore," sottolineai.

"Succede," rispose lui. "Cosa ti aspettavi?"

"Credo di averla sempre vista rossa." In quel momento invece brillava di un rosa vibrante. Non era un colore che mi aspettavo di vedere su West, ma immaginai che non avesse molta scelta al riguardo.

"Non mi sorprende. Probabilmente l'hai vista solo quando mi lanciavo in qualche tipo di scontro. Ero arrabbiato."

Mi presi un momento per elaborare quell'informazione, poi lo guardai. "Mostra le tue emozioni?"

Scrollò le spalle. Dal modo in cui s'irrigidì capii che non gli piaceva parlarne, ma continuò comunque a sostenere il mio sguardo. "La magia delle fate funziona in strani modi."

"Non c'è da stupirsi che tu la tenga coperta." Chissà come doveva essere, andarsene in giro a fare l'alfa quando tutti potevano leggere le tue emozioni dal bagliore della tua camicia. Essere un libro aperto, in senso letterale. "Te la sei fatta durante la battaglia in cui–"

"Hanno ucciso mia madre," concluse di fronte alla mia esitazione. "Sì. È stata rossa per molto tempo, dopo."

Feci scorrere il pollice lungo il bordo della cicatrice, nel punto in cui incontrava la pelle più morbida del suo petto asciutto e muscoloso. "Quindi cosa vuol dire rosa?"

West ridacchiò. "C'è davvero bisogno di chiedermelo, Scintilla?"

Mi sollevò il mento per avvicinare la mia bocca alla sua. Mi baciò a lungo e teneramente, facendomi sentire come se anche il mio cuore brillasse. Le nostre labbra si staccarono, ma i nostri volti rimasero abbastanza vicini da sfiorare l'uno il naso dell'altra.

"Ti amo, Ren," disse con voce bassa e roca.

Il mio battito si fermò. Gli avvolsi il collo con un

braccio, spingendomi più vicino a lui con tutta me stessa. "Ti amo anch'io."

"Dio solo sa come ho fatto a essere così fortunato."

Risi. "Non è che tu mi abbia reso le cose facili da quando ci siamo conosciuti." Ma c'erano alcune cose che ancora non capivo del tutto della sua reazione a me. "Avevi paura che avrei abbandonato la tua famiglia – tutte le famiglie – quando le cose si sarebbero fatte difficili? Come ha fatto mia madre?"

Fece spallucce. "Quella era una parte del problema. Volevo essere sicuro che potessimo contare su di te prima di mettere le loro vite nelle tue mani. E poi, soprattutto dopo… ho iniziato a desiderarti. Non sapevo quanto potessi fidarmi del mio giudizio. Devo mettere al primo posto ciò che serve ai miei simili, non quello che voglio io. E quando il mio istinto sembra dirmi che quello di cui hanno bisogno è qualcosa che piacerebbe molto anche a me, faccio fatica a non essere scettico."

"Forse sei un po' troppo duro con te stesso," commentai.

"Forse." Lasciò andare un respiro affannoso. "Da quella battaglia, da quando ho perso mia madre… Potrebbe non avere molto senso, ma sono sempre stato tormentato dalla sensazione che se facessi una scelta egoistica, dimostrerei che lei non contava abbastanza. Voglio dire, visto che sono stato disposto a sacrificare lei ma non qualcos'altro."

Mi si strinse la gola. Gli accarezzai una guancia. "Sei decisamente troppo duro con te stesso. Direi che posso perdonarti per essere stato duro anche con me."

Si abbandonò a una risatina roca. "Non hai idea di

quanto mi stia uccidendo vederti continuamente correre incontro al pericolo, ancora e ancora…"

"È il mio dovere," risposi. "Esattamente come il tuo."

"Lo so. È per questo che non ti fermo."

"Già, ti limiti a lamentartene come un idiota."

"Ehi." Diede un colpetto al mio naso con il suo. "Sappiamo tutti che a volte tendi a essere un po' troppo *eroica*, invece di pensare alla tua sicurezza."

Sorrisi. "Mmh. Beh, se davvero vogliamo confrontare comportamenti irrazionali, dove mettiamo il 'farsi perdonare per essere un idiota comportandosi come un idiota più grande' su questa scala?"

"Non sono sicuro che 'idiota più grande' sia una valutazione accurata. Stavo cercando di semplificarti le cose."

"È divertente come semplificarmi le cose includesse un sacco di frecciatine. E poi, sai, avevi sempre la possibilità di dirmi cosa provavi davvero."

"Prima o dopo che ti fossi quasi fatta ammazzare, *di nuovo*?"

"Andava bene in entrambi i casi." Gli diedi un pizzicotto sullo sterno, guardandolo con occhi da cerbiatta. "Certo, considerato quanto sei bravo a esprimere i tuoi sentimenti, forse avrei creduto che mi stessi dicendo di gettarmi da una scogliera."

West mi afferrò la mano. Con un ringhio, rotolò sopra di me, bloccandomi entrambi i polsi sopra la testa. "Credo di sapere come rendere le mie intenzioni un po' più chiare di così," disse con un luccichio divertito ed eccitato negli occhi.

Mi contorsi sotto di lui, a mia volta tutta infuocata da

quella stretta giocosa. Mi si fermò il respiro di fronte alla durezza che sentivo di nuovo premere sulla mia coscia. In un istante, ero due volte più bagnata di prima. "Di nuovo sull'attenti?" Scherzai, dimenandomi un altro po' in modo che la sua virilità finisse sul mio centro pulsante.

Quel contatto ci fece gemere entrambi. West mi scoccò un sorriso malizioso. "Anch'io ho qualche qualità impressionante, sai."

"Ah, sì?" Il dolore del desiderio si stava già diffondendo nel mio basso ventre. "Allora procedi pure, voglio vederti in azione mentre le usi tutte."

Il calore nei suoi occhi si fece incandescente. "Oh, credimi, lo farò."

Si chinò a baciarmi mentre sprofondava di nuovo dentro di me, e così ci abbandonammo al piacere, ancora per un po'.

Feci una piccola deviazione nelle mie stanze per trovare un vestito che non sembrasse recentemente strappato in preda alla passione, poi ripercorsi i corridoi della villa per vedere dove ci fosse bisogno di me. Non potevo continuare a farmi trasportare tutto il giorno dalla gioia di aver suggellato l'ultimo legame tra compagni. La minaccia dei vampiri non era certo scomparsa solo perché io e West ci avevamo dato dentro.

I simili di West e gli altri che si erano rifugiati lì erano già al lavoro per sistemare altra legna nella barriera ad anello. Altri si erano avventurati più lontano, per scoprire dove si sarebbero potuti rintanare i vampiri durante il giorno. Se avevano trovato un rifugio temporaneo da qualche parte, forse potevamo cambiare le carte in tavola prima che calasse di nuovo la notte.

Se solo fosse stato così facile. Dubitavo che i vampiri fossero diventati improvvisamente così imprudenti.

Mi stavo dirigendo verso le aree comuni, quando vidi con la coda dell'occhio il profilo di una porta chiusa che attirò la mia attenzione. Un fremito di trepidazione che non riuscii a spiegarmi m'investì. Mi voltai.

Il corridoio intorno a me scomparve.

Ero in piedi di fronte a una semplice porta, dipinta dello stesso verde muschio pallido delle pareti ai suoi lati. Una scanalatura circolare ne incideva la superficie appena sopra il livello dei miei occhi. Non aveva né pomello, né maniglia. Un flebile ronzio mi rimbombò nelle orecchie, e nella mia mente si fece strada la certezza che, se avessi voluto, avrei potuto aprire quella porta. Eravamo destinati ad aprirla – io e quelli della mia specie.

Un profumo familiare, di trifoglio e pietra calda di sole, mi avvolse. *Casa.* Poi la visione svanì.

Incespicai all'indietro, sbattendo la schiena ancora dolorante sul muro opposto.

La porta che stavo guardando adesso, lì nella tenuta dei canidi, era di un giallo oro chiaro. Aveva un regolarissimo pomello proprio dove doveva averlo. Ma aveva fatto riemergere qualcosa nella mia memoria – o forse non nella memoria, ma da qualche parte più in profondità – che dimorava nel mio spirito da mutaforma drago. La trepidazione mi solleticava i nervi.

Avevo assunto pienamente il mio ruolo. Ero legata a tutti e quattro gli alfa e, attraverso loro, a tutte le famiglie.

Forse essere un drago mi avrebbe dato molto più di quanto avessi realizzato.

Forse mi avrebbe dato abbastanza da fermare gli attacchi dei vampiri, una volta per tutte.

Mi allontanai dalla porta e percorsi correndo il resto del corridoio fino alle sale comuni. Il mio sguardo si fermò sulla prima addetta che vidi. L'afferrai per il braccio. "Puoi andare a cercare gli alfa e dirgli di raggiungermi nel nostro salone? Devo vederli immediatamente."

Lei annuì. "Subito, mutaforma drago."

Sapevo che Nate era già nel soggiorno privato riservato a me e agli alfa. Aveva lasciato la sua branda nella stanza dei guaritori per fare qualche telefonata ai suoi simili senza disturbare gli altri feriti.

Quando irruppi nella stanza, alzò lo sguardo dalla poltrona dov'era seduto. Inarcò le sopracciglia. "Va tutto bene, Ren?"

"Credo di sì," risposi. "Forse so dove possiamo trovare delle risposte. Te la senti di viaggiare?"

Nate si spinse lentamente in piedi. "Sì, se è quello che serve. Che è successo?"

"Io… non ne sono ancora del tutto certa."

Marco fece capolino nella stanza, con portamento tranquillo ma gli occhi indaco ben aperti. West entrò un attimo dopo, con Aaron al seguito.

Quando tutti si fermarono attorno a me, un fremito attraversò l'aria. Mi tremò sulla pelle, togliendomi il fiato per un secondo. Era la prima volta che io e i miei alfa ci trovavamo nella stessa stanza dopo il consolidamento di tutti i legami. La loro potenza ronzava nell'aria, quasi come fosse elettrica.

Ovviamente non ero l'unica a sentirla. Marco guardò West con un sorrisetto. "Vedo che finalmente ti sei deciso a tirar fuori la testa dalla sabbia."

Il lupo digrignò leggermente i denti, ma non poté fare a meno di sorridere quando i suoi occhi si posarono su di me. Quindi era davvero così che ci si sentiva a essere il mutaforma drago. A essere il centro che teneva insieme la comunità dei mutaforma. La sensazione era elettrizzante e spaventosa allo stesso tempo.

"Che sta succedendo, Serenity?" Mi chiese Aaron.

Cercai dentro di me il presentimento che mi aveva spinta a chiamarli. "La tenuta dei draghi. Ci sarete stati qualche volta, vero? Di che colore sono le parenti interne?"

I miei compagni sembravano perplessi. "Da quello che ricordo, sono verdi," rispose Nate. "La maggior parte, almeno. Perché?"

"Ho appena avuto questa sensazione, un paio di minuti fa," spiegai. "Come con la visione che mi ha lasciato mia madre, o quella della sua morte. Ho visto una porta in quella che credo sia la tenuta dei draghi. Mi sentivo come a casa, e il colore corrisponde."

"Una porta," ripeté West, esortandomi a continuare.

"Ho avuto l'impressione di doverla aprire. Ora che… ora che sono completamente legata a tutti voi. Che dall'altra parte ci sia qualcosa che mi serve, destinata a tutti i mutaforma drago. E se fosse qualcosa che può aiutarci contro i vampiri?"

I ragazzi si scambiarono un'occhiata. "Quella tenuta custodisce davvero segreti che solo i draghi abbiano mai compreso," disse Aaron. "Quando ci andai in visita, con l'alfa che mi ha fatto da mentore, c'era un'intera ala della casa in cui non ci era concesso entrare. I documenti che abbiamo sulla stirpe dei draghi sono sempre stati vaghi."

"Che stai proponendo, principessa?" Domandò Marco. "Una gita sul campo?"

Annuii. "Devo andare, devo scoprire cosa c'è lì. Voi altri…"

"Verremo anche noi," annunciò deciso West. "I miei luogotenenti possono occuparsi dei preparativi qui, e guidare la difesa se necessario. Lasciarti senza sorveglianza potrebbe essere esattamente ciò che i vampiri stanno aspettando. Abbiamo un jet. Possiamo arrivare alla tua tenuta entro il primo pomeriggio."

Era tutto ciò che avevo bisogno di sentire. Lasciai andare un respiro. "Allora andiamo a prendere quell'aereo."

11

Ren

Con un sospiro soddisfatto, Kylie si distese sul sedile del jet privato. "Potrei decisamente abituarmi a questo tipo di lusso. Tanti cari saluti ai voli in economy."

Risi. "Credo che la maggior parte delle volte viaggeremo in macchina. Ma anche le auto dei mutaforma non sono niente male. I jet sono per le emergenze."

"Emergenze molto, molte comode," commentò la mia migliore amica, rannicchiandosi ancora di più sulla morbida pelle. "Non capisco proprio di cosa si lamentino i vampiri. I mutaforma sanno vivere alla grande."

Non sarei mai partita senza Kylie, non con altri attacchi dei vampiri all'orizzonte. In ogni caso, non me l'avrebbe mai permesso. Non mi aveva neanche dato il tempo di dirle che avevo deciso di visitare la tenuta dei draghi, che aveva già agguantato una valigia che si era portata da New York dicendo di essere pronta ad andare.

Pensai che avesse convinto gli assistenti a caricare il suo lanciafiamme nella stiva. Ma Aaron aveva controllato tutto, e se lui non pensava che saremmo saltati in aria, allora non dovevo preoccuparmi.

"Stare con i mutaforma ha qualche vantaggio, eh?" Disse Felix con un lieve sorriso. West aveva portato con sé alcuni dei suoi uomini perché aiutassero a mettere in ordine la mia vecchia casa, dopo tutti quegli anni di disuso. La volpe fennec si era sistemata in una delle poltrone di fronte a noi. All'inizio avevo pensato che la sua scelta fosse casuale, ma vedendo il modo in cui i suoi occhi brillavano guardando Kylie, non ne ero più così certa.

"Oh, mi vengono in mente un sacco di ragioni per restare nei paraggi," rispose Kylie restituendo il sorriso. Iniziò a contare sulle dita. "Tanti banchetti. Camere per gli ospiti super accoglienti. La compagnia della mia migliore amica, naturalmente. E non dimentichiamoci di tutte le fantastiche delizie per gli occhi."

La mia amica aveva appena… fatto gli occhi dolci a Felix? E lui era *arrossito*? Un accenno di colore aveva decisamente tinto le guance della volpe. Lui gettò all'indietro i capelli con un movimento della testa, facendo finta di niente. "Sembra che tu sia proprio nel posto giusto, allora."

"Oh, ne sono sicura."

"Ce la spassiamo molto di più quando non ci sono vampiri che cercano di massacrarci. Dovreste tornare alla tenuta dopo che li avremo distrutti."

"E ci penserai tu a farmi divertire?" Scherzò Kylie con

un sorriso più ampio. Oh, stava flirtando con lui eccome. Avrei riconosciuto il suo sorriso da *vieni a prendermi* da chilometri di distanza.

"Felix, vieni qui un secondo," lo chiamò West dalla parte anteriore del jet. La volpe ci rivolse un sorriso apologetico e si affrettò a vedere cosa voleva il suo alfa. Lo seguii automaticamente con lo sguardo, alzandolo poi per incontrare gli occhi di West. L'espressione del mio compagno era seria, ma si ammorbidì quel tanto per rivolgermi un sorriso veloce. E cavolo se non fu abbastanza per farmi sentire le farfalle nello stomaco.

"Mmh," fece Kylie, ondeggiando le sopracciglia. "È una mia impressione, oppure oggi sei più luminosa del solito? Hai qualche segreto da condividere?"

Ora ero *io* ad arrossire. Abbassai la testa mentre il calore divampava sulle mie guance, ma non riuscii a nascondere il mio sorriso.

In quel momento, fin troppe cose facevano schifo nella nostra vita – alcune delle quali letteralmente. Ma non c'era succhiasangue al mondo che potesse togliermi la gioia di essere circondata dai miei compagni, di sapere che eravamo tutti lì, gli uni per gli altri.

"Più tardi," risposi. "Quando avremo un po' di privacy per chiacchierare." Sicuramente gli uomini di West avevano già percepito il cambiamento nell'aria. Era difficile capire se ora fossero un po' più affettuosi nei miei confronti, visto che erano stati incredibilmente adulatori fin dall'inizio. Ma avevo notato un nuovo scintillio in molti occhi quando avevamo attraversato la tenuta fino all'uscita.

Vampiri o no, immaginai che di lì a nove mesi ci

sarebbero stati un sacco di piccoli canidi che scorrazzavano in giro. Comunque, non significava che avevo voglia di parlare del mio rapporto con West con tutte quelle orecchie affilate da mutaforma nei paraggi.

"Oooh. Lo sapevo!" Esclamò Kylie. "Sei in fiamme, Ren. Voglio dire, in un modo totalmente metaforico e per nulla pericoloso."

La farfalle tornarono a svolazzare nel mio stomaco, quasi come un guizzo di fuoco. "La sensazione è quella," dovetti ammettere.

"Era ora. Non dovrai più sopportare comportamenti da idiota. Solo amore, amore e amore."

Lo disse in una sciocca cantilena che mi fece scoppiare a ridere di nuovo. Era per quello la adoravo. Mentre parlavamo, per qualche minuto, riuscii a dimenticare tutti i problemi che dovevamo ancora affrontare.

Almeno fino a quando Marco non sprofondò nel sedile che Felix aveva lasciato vuoto, infilandosi il telefono in tasca. Le sue labbra erano curvate nel solito sorriso sbilenco, ma i suoi occhi erano cupi. Nate si voltò dalla sua poltrona per sentire cos'avesse da dire il giaguaro.

"Alcuni dei miei uomini hanno seguito i vampiri che sono andati alla mia tenuta, ieri notte," esordì. Aveva parlato con uno dei suoi luogotenenti in Florida. "Sembra che si siano rintanati in una piccola città, più vicina al nostro territorio rispetto al loro solito rifugio. Un accesso più rapido per il prossimo attacco."

"Non possiamo attaccarli per primi?" Domandai. "Usando la luce del giorno a nostro vantaggio?"

Marco scosse la testa. "L'edificio che hanno occupato è troppo sicuro. Ogni angolo è sigillato, ogni porta invalicabile. Persino il garage dove tengono i veicoli. O hanno avuto fortuna, oppure i vampiri stavano pianificando di attaccare le tenute dei mutaforma da così tanto tempo da sistemare quel posto alla perfezione."

Aaron si avvicinò e si appoggiò allo schienale del sedile di Marco. "I miei hanno visto qualcosa di simile vicino alla tenuta dei volatili. I vampiri sono pronti a una lunga lotta. E sanno che le tenute sono la chiave per la vittoria."

Il mio cuore saltò un battito. "Allora non possiamo permettere che sfondino nessuna di quelle mura. Avremo bisogno di tutta la legna da ardere possibile, di ogni mutaforma in grado di combattere contro chiunque riesca a entrare... Possiamo procurare giubbotti antiproiettile per le guardie? Altri dispositivi di sicurezza? Forse non possiamo usare armi, ma non ci sono leggi che vietano di proteggerci da loro, giusto?"

Nate si accigliò. "Funzionerà solo quando siamo in forma umana. Ma non sarebbe male avere quel tipo di attrezzatura a portata di mano."

Kylie si drizzò. "Il fratello di un tizio che conosco lavora per un deposito di materiale di sicurezza. Può sicuramente procurarci qualcosa."

Scossi la testa con un sospiro di sollievo. "Certo che conosci qualcuno."

Agitò le dita per aria. "Sono la ragazza più conosciuta di New York. Puoi dirlo forte!"

Tutte quelle strategie, però, servivano solo a temporeggiare. "Almeno i vampiri non possono attuare un vero assedio. Abbiamo sempre la possibilità di disperderci, se la situazione si fa troppo pericolosa. Durante il giorno, quando non hanno modo di sapere dove andiamo."

"Non credo che riusciremo a tenere alto il morale molto a lungo se abbandoniamo le tenute," commentò Aaron. "E credo proprio che i vampiri non lasceranno in piedi un solo edificio se gli diamo libero accesso. Ma sì, se si dovesse arrivare a tanto…"

"E poi cosa?" Intervenne Marco. "Ci aggireremo nella natura selvaggia come se fossimo davvero animali? Potremmo anche cavarcela così, ma sarebbe mera sopravvivenza. Noi *non siamo* solo animali. Abbiamo bisogno di mettere radici, di avere la nostra comunità. E le nostre comodità." Accarezzò il bracciolo imbottito del sedile.

"Hai ragione. Non avrei dovuto suggerirlo." Non era certo il tipo di vittoria che un mutaforma drago avrebbe dovuto offrire. Mi passai le dita nei capelli, con una smorfia sul viso. "Loro fanno affidamento su quei furgoni. Avrei dovuto bruciare quelli con cui sono venuti ieri notte."

"Ren." Nate allungò un braccio nel corridoio per prendermi la mano. La strinse dolcemente, cercando il mio sguardo con i suoi caldi occhi castani. "Ieri notte hai fatto tantissimo. Molto più di quanto avremmo potuto fare da soli. Non puoi incolpare te stessa. C'erano troppi vampiri, e loro sono furbi."

"Ma troveremo un modo per batterli," affermò Marco. "Ora dovranno vedersela con un drago a pieno titolo e i suoi quattro compagni." Le sue labbra si curvarono in quello che sembrò un sorriso sincero. "Puoi farcela, principessa, e noi ti copriremo le spalle."

~

"Dovremo dare modo ai miei assistenti di dare una sistemata in casa," disse West mentre uscivamo sulla pista di atterraggio. "Un gruppo dell'insediamento di canidi più vicino è arrivato qui un'ora fa per iniziare, ma c'è molto lavoro da fare."

I sottoposti che aveva portato con sé sull'aereo si stavano già affrettando lungo il sentiero. Da lì si intravedeva soltanto uno spicchio del tetto della casa. Enormi querce e aceri argentei si stagliavano tra l'edificio e il luogo dov'eravamo atterrati.

"Da quanto tempo non viene nessuno qui?" Domandai. Ovunque guardassi, sentivo riaccendersi in me una sensazione di familiare: la lunga distesa della pista di atterraggio, il fruscio delle foglie sugli alberi, le cime scoscese delle montagne a nord, che si riversavano nelle dolci colline verdi che circondavano il resto della tenuta. Avevo la pelle d'oca, ed ero scesa dall'aereo solo da qualche minuto.

Feci un respiro profondo. La brezza diffondeva il delicato profumo floreale del trifoglio. Anche quello mi era familiare.

"Nel corso degli anni abbiamo mandato a turno qualcuno per i lavori di manutenzione di base," rispose Aaron. "Non volevamo che il posto cadesse in rovina." Posò una mano sulla parte bassa della mia schiena. "Avevamo fiducia che saresti tornata. Ma non sarà così accogliente, per il momento. Dovranno scoprire i mobili, rifornire la cucina, fare una pulizia accurata e tutto il resto."

Feci un passo verso gli alberi. Il sussurro della brezza

che li attraversava mi provocò un brivido lungo la spina dorsale. Richiamava le mie ali.

Era lì che avevo scoperto di essere un drago. Era lì che avevo visto un drago volare per la prima volta. Mia madre, che si librava nel cielo con le sue squame bronzee. Mi si chiuse la gola.

"Non c'è bisogno di nulla di tutto questo perché sembri casa," dissi. "Lo *è* e basta."

M'incamminai lungo il sentiero, nella direzione in cui erano andati gli altri mutaforma. I miei compagni avanzavano alle mie spalle. Percepivo intensamente ognuna delle loro presenze: calme, impazienti, orgogliose e diffidenti. Ed erano tutti lì per me, speranzosi che seguirmi in quel luogo sarebbe servito a qualcosa.

Dovevo assicurarmi che quella fiducia fosse ripagata.

Quando sbucammo dal breve tratto di alberi nella distesa di erba alta che circondava la casa, mi si mozzò il fiato. Kylie si fermò accanto a me.

"Porca miseria, Ren. Questa sì che è una casa."

Non sembrava neanche una casa. Era un castello, con due torrette gemelle ai lati dell'ampio portone ad arco, un muro di cinta nel mezzo, costruito in pietre dipinte di un bianco candido con rifiniture rosse e oro intorno alle cornici delle porte e delle finestre.

La voce di mia madre riaffiorò nella mia memoria, vibrante d'ironia. *Una normalissima fortezza medievale. Per tenere al sicuro noi draghi, invece che tenere al sicuro i reali dai draghi. Il nostro antenato che commissionò questo posto aveva un bel senso dell'umorismo.*

Quelli erano i campi dove correvo con le mie sorelle. Ci abbassavamo fino a farci ricoprire dall'erba, e poi ci rialzavamo per spaventarci a vicenda con un ringhio scherzoso. I nostri padri si univano a noi nel gioco, sgattaiolando tra i fili ondeggianti nei loro corpi animali, aspettando di balzar fuori per sorprenderci. Solo il mio padre orso era troppo grande per nascondersi davvero. Ci arrampicavamo sulla sua schiena e lo facevamo correre goffamente dietro agli altri.

Il mio sguardo si spostò sulla fitta foresta alle spalle della casa, dove pini e cedri si mescolavano a querce e aceri. Le ombre si allungavano scure sui loro tronchi.

Ma non scure come la notte in cui eravamo fuggite. L'aria tagliente nei miei polmoni, i rami che mi sferzavano le braccia, i ciottoli che tintinnavano sotto i miei piedi frettolosi. La mano di mia madre così stretta attorno alle mie dita–

Distolsi lo sguardo. Il mio cuore batteva forte.

"Ren?" Mi chiamò West, fissandomi. Quanto aveva visto? Non mi ero resa conto che probabilmente non l'avrei più fatta franca con quegli attenti occhi verdi, ora che non cercava più di convincersi che non gli importava.

Feci un altro respiro, lasciando che il profumo del trifoglio e il calore estivo mi rilassassero. Mi concentrai sul presente, sui momenti felici del mio passato. Tutto eccetto quella notte.

"Sto bene," lo rassicurai. "Forza, entriamo."

Il salone d'ingresso era a posto. Anzi, era *splendido*. Le pallide pareti verde muschio che avevo visto nella mia visione erano ora davanti a me. Dal soffitto pendeva una sfera di cristallo, e sapevo quanto s'illuminasse quando la sera iniziava a calare. Le porte si aprivano in stanze ampie e ariose, con enormi finestre che lasciavano entrare la luce del sole.

I miei piedi mi condussero più avanti nella casa, come di loro iniziativa. E forse fu quello il mio errore: non prepararmi, non fare attenzione ai primi segnali di orrore per potermi tirare indietro.

O forse non avrei potuto evitarlo in alcun modo.

Le mie ballerine scricchiolarono sul pavimento lucido, e il mio stomaco si rivoltò. Era lo stesso suono che avevo sentito mentre scappavo da quella stanza con le mie sorelle, seguito dall'urlo che esplose dalla gola di Verity quando le fauci del ribelle si chiusero su di lei.

Mi girai su me stessa, cercando di respingere i ricordi, ma il mio sguardo rimase incollato a una macchia sul muro. Una macchia verde perfettamente uniforme: l'avevano lavata e ridipinta. Ma riuscii a vedere benissimo dov'era schizzato il sangue, appena oltre la porta. Dov'era colato sulle assi del pavimento, fino al punto in cui il mio padre lupo si era accasciato.

Una fitta dilaniò i miei polmoni. Mi lanciai in una corsa lungo il corridoio. "Ren!" Gridò Kylie. Proprio come mia madre, nei miei ricordi. *Più veloce. Non possiamo lasciare che ci prendano. Oh, ti scongiuro, Ren, resta con me.*

Un singhiozzo le aveva stretto la gola. Un gemito si era levato alle nostre spalle. Uno dei ribelli era entrato nel corridoio dietro di noi, con un fucile. Mi ripiombò tutto addosso, sempre più velocemente: lo scatto di quando lo ricaricò, la sua risata beffarda che rimbombava tra le pareti, un'altra pozza di sangue, le impronte di dita sul battiscopa.

Mi girai di nuovo, scontrandomi con un petto ampio e

solido. Le braccia di Nate mi avvolsero. "Ren," mormorò chinando il capo. "Sono qui. Siamo qui. È tutto finito adesso."

Premetti il viso sulla sua camicia, ma il mio battito continuava a correre. Altri ricordi riaffioravano e divampavano nella mia mente. Mi girava la testa. Non riuscivo a pensare. Non riuscivo a respirare.

"Portiamola nella sua stanza," disse West, da qualche parte dietro di me. "Lì non c'è stata nessuna lotta."

"Ehi." Era la voce di Aaron, sempre così pacata nonostante la lieve raucedine. "Eccoci qui, Serenity. Hai solo bisogno di un po' di tempo per ambientarti. Avevi ragione, questa è ancora casa tua. Ricordatelo sempre."

Era davvero così? Come poteva quel luogo appartenermi se i ribelli l'avevano macchiato del sangue della mia famiglia?

12

Marco

Bussai piano alla porta di Ren; non volevo svegliarla, nel caso si fosse addormentata. Quando l'avevamo portata nella camera da letto matrimoniale, poco più di un'ora prima, stava tremando e la sua pelle si era fatta pallida. Mi aveva straziato vederla soffrire in quel modo per il passato della casa, ma quando ci aveva ordinato di lasciarla da sola per poter raccogliere i suoi pensieri in santa pace, non aveva lasciato spazio a discussioni.

Speravo che fosse riuscita a far svanire i terribili ricordi dell'attacco, invece che sprofondarci ancora di più.

"Entra," disse la mia compagna senza neanche chiedere chi fosse. Beh, grazie al legame che ci univa, doveva essere in grado di percepire la mia presenza come io percepivo la sua. E dopo aver finalmente suggellato quello con West, anche il nostro legame non aveva fatto altro che rafforzarsi.

Era un sollievo sapere che il lupacchiotto non era completamente senza speranza.

La voce di Ren sembrava abbastanza stabile. Quando aprii la porta e mi intrufolai nella stanza, lei era seduta sul letto, sopra le coperte. Aveva la schiena dritta, ma il viso era ancora più pallido del solito, in netto contrasto con i suoi capelli castano scuro. La luce nei suoi occhi ambrati non sprizzava il fuoco che avrei voluto vedere.

Mi fece solo un mezzo sorriso. Ormai la conoscevo abbastanza bene da sapere cosa stesse provando in quel momento. Era imbarazzata per il modo in cui era crollata. Come se qualcuno tra quelli che l'avevano vista in quelle condizioni avrebbe potuto giudicarla.

Mi avvicinai al letto come se nulla fosse e mi sedetti ai suoi piedi, allungando una mano per prendere la sua. "Come sta la mia Principessa delle Fiamme?"

Si fece più vicina. "Non mi sento molto regale," borbottò. "Non riuscirò a portare a termine qualsiasi cosa debba fare qui, se non riesco a camminare per il corridoio senza essere sepolta dai ricordi."

"Si attenueranno," la rincuorai accarezzandole il dorso della mano con il pollice. "È la prima volta che torni qui. È ovvio che ti abbiano colpito duramente. Non ho dubbi che tornerai la solita regina guerriera in men che non si dica."

A quell'osservazione mi scoccò un sorriso più ampio, ma il suo sguardo sembrava ancora un po' abbattuto.

"C'è qualcos'altro che ti turba, principessa?" Domandai.

Lei appoggiò la testa sulla mia spalla. Tutto il mio corpo s'infiammò in un istante, con desiderio e affetto.

Una settimana prima, forse avrebbe addirittura esitato ad avvicinarsi così tanto a me. Il fatto che ora fosse la mia compagna, in ogni modo possibile, sembrava quasi un miracolo.

Non vedevo l'ora di sperimentare ancora e ancora quel miracolo.

Per il momento, sospettavo che l'affetto fosse più necessario del desiderio. Le cinsi la vita con un braccio, e lei sospirò.

"Il modo in cui i ricordi mi hanno colpita, quanto mi hanno scosso… Sono solo preoccupata per tutti i mutaforma che ci aspettano nelle altre tenute," disse. "Pensavo di trovare delle risposte, qui. E se il passato mi avesse offuscato la mente tanto da non riuscire a capire dove devo andare?"

"Per quanto grande sia, c'è solo un numero limitato di porte in questo posto," evidenziai. "Sono sicuro che riusciremo a trovare quella giusta."

"I vampiri potrebbero riattaccarci nel giro di qualche ora. Non abbiamo molto tempo."

La strinsi più vicino a me. "I nostri uomini li hanno già respinti una volta. La strategia che hai escogitato è valida, e ieri notte ha funzionato benissimo anche in posti che non avevano un drago a portata di mano."

Si strofinò la bocca con una mano, accigliandosi. "Non basterà se i vampiri continueranno ad attaccarci. Ci sono modi per superare il fuoco normale, per spegnerlo… Vorrei essere ovunque contemporaneamente. Bruciarli tutti. Semplicemente porre *fine* a tutto questo."

Oh, mia adorata compagna. Chinai la testa per baciarle la tempia. "È stato un viaggio lungo e difficile per arrivare qui, vero? Ti meritavi un benvenuto molto più tranquillo."

"Forse no. Non c'è stato nulla di tranquillo nel modo in cui me ne sono andata." La sua risata sembrò un po' soffocata. Intrecciò le dita con le mie, guardando le nostre mani giunte. Poi abbassò la voce. "Per un attimo mi sono sentita così bene, quando ho confermato il mio legame con tutti voi. Come se tutto fosse andato al posto giusto. Ma adesso non faccio altro che pensare a quanto potrei perdere tutto così facilmente."

Anche i quattro alfa precedenti erano morti lì. Era lì che sua madre aveva perso i suoi compagni, e Ren i suoi padri.

L'altra mano di Ren si spostò sulla sua pancia, così istintivamente che mi domandai se ci avesse fatto caso. Quanta della sua paura era la reminiscenza della ragazzina che era stata, e quanta era data dalla connessione con il drago che l'aveva preceduta, che aveva perso le sue figlie e i suoi compagni? Che aveva perso *tutto* per salvare lei.

Un po' di entrambe le cose, pensai. Era un grosso garbuglio. Forse la mia compagna aveva bisogno di più del semplice affetto, dopotutto. Aveva bisogno di sentire ogni briciolo del suo potere – il potere che aveva dentro di sé, e il potere che generavamo insieme.

La tirai in piedi. Uno specchio a figura intera, con il vetro brillante racchiuso in una cornice dorata, era appoggiato alla parete di fronte agli armadi. La guidai di fronte a esso. Lei sollevò un sopracciglio, guardandomi.

"Cerchi di distrarmi con l'orrore dei miei capelli appena uscita dal letto?"

Ridacchiai. "No. Guardati."

Rimasi in piedi dietro di lei mentre si osservava allo specchio, con le mani poggiate sulla sua vita. I suoi capelli non erano poi così arruffati, e ricadevano in morbide onde sulla sua schiena. Il vestito casual che aveva scelto abbracciava delicatamente le sue curve, ma non in modo meno provocante di un abito di seta.

"Non è solo una principessa quella che ti sta guardando," sottolineai, sostenendo il suo sguardo nello specchio da sopra la sua spalla. "È una regina. Una regina che ha affrontato tutte le bastonate che ha ricevuto, e le ha superate."

"Ah, sì?" Rispose.

"Oh, sì. Guarda quegli occhi. Ho amato il fuoco che ci ho visto sin dal primo momento in cui ti ho incontrata. Mi è bastato questo per sapere che eri in grado di affrontare tutto ciò che il mondo ti avrebbe riservato." Le scostai i capelli di lato per baciarle l'incavo della mascella. "E quella bocca ostinata. Non lascia mai scampo a nessuno, a meno che non meriti una seconda possibilità. Perché una regina sa anche quando essere misericordiosa."

Sfiorai con il pollice le sue morbide labbra. Gli occhi di Ren luccicarono. Lasciò che le sue labbra si schiudessero, giocherellando con il mio pollice con il bordo dei denti. Mi venne duro in un secondo.

Poi feci scivolare le dita sulle sue braccia, fino alla pelle sensibile dei suoi gomiti. "Chiunque può vedere la forza che hai dentro. Non ti tiri mai indietro di fronte a una sfida, sei sempre pronta a difendere la tua gente."

Le mie mani s'insinuarono sotto le sue braccia e su per il suo torace, tracciando il bordo inferiore dei suoi seni. Il suo respiro si fece affannoso, le sue palpebre si chiusero. "E non ho ancora parlato di quanto sei dannatamente bella. Potrei guardare solo te per giorni e non smettere mai di godermi la vista."

"Continua," mi esortò con voce più roca. Il colore stava tornando ad affiorare sulle sue guance, ora di un adorabile rosa. Tracciai una scia di baci lungo il lato del suo collo, poi giù fino alla sua spalla. Le mie mani salirono fino a coprire completamente i suoi seni. Lei si appoggiò a me mentre ne accarezzavo le cime, facendo inturgidire i capezzoli sotto il tessuto del vestito. Il calore avvampò tra di noi.

"Sappiamo entrambi quanta passione c'è in questo bellissimo corpo," mormorai al suo orecchio. "Continua a guardare. Guarda che donna sei."

Ren

Brividi di piacere mi pervasero mentre Marco continuava ad accarezzare i miei seni. Ogni volta che mi toccava i capezzoli, un nuovo fremito di godimento s'irradiava in tutto il mio corpo. E, in qualche modo, vederlo allo specchio – il rossore sempre più intenso sulle mie guance e sul mio collo, le sue dita agili che percorrevano le mie curve da sopra il vestito – mi eccitava ancora di più.

Lo guardai abbassare la testa un secondo, prima che la sua bocca trovasse il lobo del mio orecchio. Lo mordicchiò leggermente, facendomi ansimare. Quando i suoi occhi incrociarono di nuovo i miei, erano annebbiati e intorpiditi dalla passione.

La mano di Marco scivolò lungo il mio fianco fino all'orlo del vestito, appena sotto le mie cosce. Mi strinsi istintivamente a lui, strusciandomi sulla sua virilità, già sull'attenti sotto i suoi pantaloni. Un fremito ancora più violento mi attraversò, poi qualcuno bussò alla porta.

La voce di Aaron risuonò dall'altro lato. "Serenity?"

La mia mente era così confusa dal desiderio che risposi senza neanche pensare. "Entra."

Marco inarcò le sopracciglia guardandomi allo specchio. Oh. Ehm… Ormai Aaron stava già entrando.

Si fermò sulla soglia della camera da letto; la porta si chiuse alle sue spalle con un rumore sordo. I suoi occhi luminosi osservarono la scena: Marco e io eravamo in piedi davanti allo specchio; io avevo le guance arrossate e i capezzoli che facevano capolino da sotto la stoffa, con una mano dell'alfa felino ancora posata sul mio seno. Riuscii quasi a sentire il battito del cuore di Aaron accelerare, il calore emanato dalla sua pelle di fronte a quella vista.

"Se ho interrotto qualcosa…" Disse il mutaforma aquila, con un tono mite nonostante gli occhi incendiati dall'interesse.

Marco si spostò leggermente di lato, tuffandosi a baciare l'altra parte del mio collo, come per dirgli che c'era abbastanza spazio per entrambi. Il mio battito accelerò. Non era certo un problema che un altro dei miei compagni ci vedesse. Poteva unirsi a noi.

"Certo che no," risposi leggermente senza fiato. "O almeno non se hai intenzione di restare."

Il verso desideroso che sfuggì dalla sua gola sembrò

rispondere alla domanda. Aaron eliminò la distanza che ci separava in un istante, cingendomi la vita con un braccio.

Girai la testa per baciarlo. Mentre l'alfa dei volatili catturava la mia bocca, Marco mi leccava il collo. Il calore mi avvolse da ogni lato. Aaron mi passò un pollice su un seno mentre Marco continuava ad accarezzare l'altro. I miei slip erano già bagnati prima, ma ormai avevo la sensazione che fossero zuppi.

Allungai le mani toccando le maglie di entrambi. No, non erano quelle che volevo sentire. Arricciai le dita sui colletti. Aaron sorrise sulla mia bocca. Mi diede un ultimo bacio, inclinando la testa per renderlo più focoso. Poi si allontanò quel tanto che bastava per sfilarsi la polo da sopra la testa.

Marco seguì l'esempio, aprendo i primi due bottoni della sua camicia di lino e poi tirandola via, scompigliandosi i capelli a spazzola neri. Gli rivolsi un'occhiata, desiderando di vederlo accanto a me e non solo nello specchio. Le mie dita tracciarono le cicatrici che stavano scomparendo sulla sua pelle abbronzata, dove il mutaforma tigre che l'aveva sfidato lo aveva ferito. Ne baciai una sulla sua spalla, un'altra sulla sua mascella, poi portai la bocca sulla sua.

Marco mi baciò con passione e desiderio. I suoi occhi luccicavano quando si tirò indietro. Le sue dita afferrarono con insistenza l'orlo del mio vestito. Aaron afferrò l'altro lato e insieme mi sfilarono il prendisole di cotone.

L'alfa dei volatili si chinò immediatamente a succhiarmi un capezzolo nudo. La sua mano decisa iniziò ad accarezzare la curva del mio sedere. Marco reclamò le mie labbra ancora una volta, facendo scivolare una mano in mezzo a noi. Tremai mentre le sue dita scendevano fino al mio sesso, sfiorando la punta del mio clitoride. Onde di piacere esplosero dal mio centro. Gemetti nella sua bocca.

Il pollice di Marco prese a disegnare cerchi sul mio nucleo pulsante, strappandomi un altro ansito. Poi mi tirò giù gli slip e fece scivolare le dita lungo la mia apertura calda e umida. I miei fianchi s'inarcarono verso di lui di loro iniziativa. Sì. Sì, *ti prego*. Afferrai l'orlo dei suoi pantaloni con uno strattone deciso. Lui ridacchiò e indietreggiò per toglierseli.

Aaron colse l'occasione per tracciare una scia di baci giù lungo il mio corpo, fino a raggiungere il mio sesso. Mi abbandonai a un gemito quando premette il viso tra le mie gambe. La punta dei suoi denti mi sfiorò clitoride, e un grido di piacere lasciò la mia gola. Mi dondolai nel suo tocco, desiderando di più.

Alle mie spalle, Marco portò nuovamente il corpo sul mio. Le sue mani mi cinsero i fianchi. La dura lunghezza della sua virilità si strofinò sul mio fondoschiena e tra le mie gambe. Allargai i piedi per dargli un migliore accesso, piegandomi in avanti e posando le mani sulla cornice dello specchio.

Aaron mi baciava il ventre mentre il giaguaro sfiorava le mie pieghe con la punta del suo fallo. Poi Marco si spinse in avanti, e io gemetti quando la sua erezione marmorea mi penetrò. "Cazzo, principessa," mormorò, stringendo le dita sui miei fianchi. "È la cosa migliore che abbia mai provato."

Si tirò indietro per poi sprofondare dentro di me ancora una volta, con più veemenza, provocandomi una scarica di piacere. Aaron si abbassò di nuovo per leccarmi il clitoride. Il mio corpo dondolava al ritmo dei colpi di Marco, spingendo il mio caldo bocciolo nella bocca di Aaron. Lui dondolava insieme a noi, aggrappato alla mia coscia, senza smettere di muovere la lingua su di me. Io tremavo dal piacere sempre più estremo.

"Guarda," mormorò Marco, chinandosi su di me e cambiando leggermente angolazione. Gemetti, dimenandomi più velocemente per seguire il suo ritmo, inseguendo l'apice dell'estasi ormai all'orizzonte. Allo stesso tempo, sollevai lo sguardo.

Il mio riflesso nello specchiò mi guardò, paonazzo e selvaggio. Non avevo mai visto i miei occhi così pieni di emozione. Emozione e potere. Avevo un uomo che gemeva sulla mia spalla e mi possedeva con spinte decise, e un altro che divorava il mio sesso. La testa dorata di Aaron non smise di sobbalzare mentre si slacciava i pantaloni, afferrando il suo sesso per accarezzarlo a tempo con la nostra passione.

Mi mordicchiò il clitoride, e Marco si spinse ancora più forte dentro di me. L'estasi mi travolse. Mi infransi in mezzo a loro con un grido acuto, lasciando cadere le mani sulle spalle di Aaron e stringendole. Il respiro di Marco mi solleticò la nuca mentre mi contraevo attorno alla sua virilità, poi lui riversò il frutto del suo piacere dentro di me. Allo stesso tempo Aaron gemette, leccando le mie pieghe per l'ultima volta mentre il suo piacere gli esplodeva nella mano.

Rimasi ferma tra i miei compagni, con le gambe tremanti, mentre l'ondata di piacere si dissolveva. Aaron lasciò che mi aggrappassi a lui, posando un tenero bacio sul mio interno coscia. Un verso di soddisfazione lasciò le labbra di Marco mentre si ammorbidiva dentro di me, accarezzandomi la spalla.

Guardai la donna selvaggia e appagata nello specchio – una donna che aveva reclamato i suoi quattro compagni. Una donna che aveva sconfitto i ribelli e le fate. Sì, ecco chi ero adesso. Le tragedie avvenute anni prima non avevano importanza, non quando ormai era arrivato il momento di adempiere al mio ruolo.

Non ero più quella ragazzina. Ero una donna. Ero il mutaforma drago. E sarei *riuscita* a portare alla luce qualunque segreto la mia tenuta nascondesse.

13

Un paio di uomini di West si erano già messi al lavoro in cucina, il che era un bene. Nessuno di noi aveva mangiato nulla che somigliasse a un pranzo – solo qualche snack delle scorte dell'aereo. Sentendomi più a terra di quando ero arrivata alla casa, entrai a passo lento nella sala da pranzo, trovai un vassoio di panini farciti già pronti e in attesa, e ne afferrai uno per spezzare la fame mentre continuavo a girovagare.

I miei ricordi non erano svaniti del tutto. Di tanto in tanto il mio sguardo cadeva su una porta dalla quale era uscito un ribelle, o su un angolo da cui avevo sentito un grido agonizzante. Ma, se non altro, la mia mente non sprofondava nel passato come prima. Mi concentrai sul pavimento stabile sotto i miei piedi e sul calore inebriante del legame tra me e i miei compagni. Sembrava che fosse diventato ancora più potente durante il momento che avevo condiviso con Marco e Aaron.

La forza nel mio corpo e la forza di quei legami mi tenevano ancorata al presente. Avevo ancora molto da fare lì. Forse una vittoria contro i vampiri non avrebbe rimediato a ciò che era successo anni prima, ma potevo sperare che ci avrebbe portato verso un futuro molto più luminoso.

Le stanze nell'ala est mi erano tutte familiari. Quando vivevo lì, ci passavo la maggior parte del tempo – se non ero in giro a scorrazzare all'aria aperta. Quando mi addentrai nell'ala ovest della casa, un brivido mi percorse la spina dorsale.

La mamma mi aveva portato lì un paio di volte per mostrarmi qualcosa a cui stava lavorando. Ma per lo più ce ne tenevamo alla larga. In quanto mutaforma drago in carica, quello era il suo regno.

Mandai giù il resto del panino e proseguii lungo il corridoio. Ora ero *io* il drago in carica.

Fui sorpresa da uno scalpiccio di passi in avvicinamento. Kylie svoltò velocemente un angolo, illuminandosi quando mi vide. "Ren!" Intrecciò le mani davanti al viso con espressione lievemente colpevole. "So che stai esplorando questo posto da sola, ma non sono riuscita a tenere a freno la curiosità… Ho trovato una porta come quella che hai descritto, quella della tua visione. Vuoi, ehm… vuoi cercarla da sola oppure posso mostrartela?"

Sicuramente Kylie aveva già perlustrato ogni angolo della casa.

"Tranquilla," risposi con un sorriso. "Fammi strada."

Qualunque cosa avessi trovato lì, non sapevo se ero destinata ad affrontarla da sola. Preferivo avere i miei compagni al mio fianco. Mentre Kylie mi faceva cenno di seguirla lungo il corridoio dal quale era spuntata, mi concentrai sul caldo palpito del legame dentro di me. Indicativamente, sapevo dove si trovasse ognuno dei miei alfa. E scoprii, testando la sensazione della connessione tra di noi, che potevo inviargli un richiamo. *Venite.*

Era comodo. Dovevo ricordarmi di quel trucchetto. Nate mi aveva detto che prima o poi sarei stata in grado di percepire ogni volta che uno dei miei compagni stava soffrendo, anche da una grande distanza. Riuscire a richiamarli a me doveva essere parte di quella consapevolezza sempre maggiore.

Il corridoio che Kylie aveva esplorato ci portò nell'angolo posteriore della casa. Si fermò davanti a una porta. Ed era proprio La Porta. Erano tutte dello stesso verde muschio, ma quella aveva la scanalatura circolare appena sopra il livello degli occhi. E nessuna maniglia né pomello. Ma proprio come nella mia visione, guardandola, sentivo di poterla aprire facilmente.

Dei passi più pesanti risuonarono dall'estremità del corridoio, rivelando tutti e quattro i miei compagni. Dovevano essersi incontrati venendo da me.

"È questa?" Domandò Aaron, scrutando la porta mentre mi raggiungevano.

Annuii. "Non ho ancora provato ad aprirla."

"Beh, cos'aspetti, Scintilla?" Chiese West. Il suo tono era più ironico che burbero. "Siamo venuti fin qui apposta."

Nate si avvicinò come per offrire il suo aiuto, ma

sentivo nel profondo che quel compito spettava solo a me. Inspirai profondamente e feci un passo verso la porta. Le mie mani si sollevarono come se fossero chiamate a posarsi su entrambi i lati del cerchio.

Un fremito di energia mi percorse le braccia. Una sensazione di bruciore s'insinuò nella mia gola, come se stessi accendendo il mio fuoco da drago in forma umana. Mi fermai, e poi soffiai con decisione sul cerchio.

Nessuna fiamma lasciò le mie labbra – solo aria. Ma la porta si mosse e si aprì sotto le mie mani.

Dall'altro lato, una scala dritta e stretta portava in una stanza nel seminterrato. Quando la guardai, notai un tenue bagliore filtrare dal basso. Non mi ero neanche accorta che quella casa avesse un seminterrato. Fissai la scala per un secondo, colta da un senso di presagio che mi formicolava sulla pelle.

"Puoi farcela, principessa," disse Marco.

Potevo eccome. M'incamminai, scendendo un gradino alla volta, facendo scivolare le dita sulla parete liscia. La sensazione che provavo mi inondò ancor più intensamente, dandomi un'impressione molto chiara.

Qualunque cosa mi aspettasse laggiù, era solo per me.

"Non credo che possiate venire con me," dissi ai ragazzi e a Kylie dietro di me.

"No," concordò Marco. "Non potremmo neanche volendo. Questo posto non ci vuole affatto."

"Non ho mai provato niente del genere," mormorò Aaron, più che altro tra sé e sé, con una curiosità stupefatta.

"Se hai bisogno di noi, fai un fischio," disse Kylie.

Continuai a camminare, scendendo nella stanza. La

porta si chiuse di colpo alle mie spalle. L'aria si addensò come per avvolgermi. I miei piedi toccarono il pavimento piastrellato in fondo alla scala, e una ventata di un odore polveroso mi entrò nei polmoni.

Ero arrivata.

Ma *dove*, esattamente? Mi girai lentamente, osservando tutta la stanza.

Lo spazio era tappezzato di scaffali, ognuno dei quali conteneva una fila di lastre scintillanti. Mi avvicinai. Erano tavolette di cristallo, come quella che la mamma mi aveva lasciato nel tunnel abbandonato della metropolitana, quella che ci condusse a Sunridge e al mio nuovo potere del fuoco della verità.

La stanza ne era piena, tutte incise con uno o più simboli, molti dei quali non significavano niente per me. Gli unici altri oggetti presenti nella stanza erano una poltrona con un alto schienale ad arco e un tavolino di palissandro.

Quel posto mi ricordava una biblioteca per chi sapeva leggere i cristalli invece che i libri. Eppure, la mamma era riuscita a lasciarmi un messaggio in quel primo cristallo. Avevo trovato le fiamme della verità e una visione del suo omicidio racchiuse in un cristallo più grande. Chi poteva sapere cosa custodissero quelli?

Non sapevo da dove iniziare, quindi ne afferrai uno a caso. Un fremito di energia mi attraversò i palmi delle mani. L'incisione raffigurava quello che sembrava vagamente un orso in piedi sulle zampe posteriori tra un cavallo e una donnola. Interessante.

Sprofondai nella sedia. L'istinto mi disse di premere la tavoletta di cristallo sul petto. Uno strano calore si propagò dalla sua superficie liscia alla mia pelle. Poi una voce chiara e uniforme iniziò a parlare nella mia testa.

"Mutaforma drago Matilde, 2 maggio, 1876. Riporto la storia di un conflitto risolto tra i mutaforma eterogenei."

Mentre le parole del drago ormai scomparso scorrevano nella mia mente, una visione si formò davanti ai miei occhi, come quella che avevo avuto della morte di mia madre. Tuttavia avevo la sensazione che questa fosse più simbolica che un evento reale. Una donna alta dai capelli neri e lucidi stava in piedi con un uomo robusto accanto a lei, in un cortile che mi sembrò vagamente quello della tenuta degli eterogenei. Diversi mutaforma gironzolavano nei loro corpi animali ai lati della coppia.

"Per cinque anni, io e i miei alfa abbiamo assistito a un'ostilità crescente tra i membri carnivori e quelli erbivori della comunità eterogenea. Da entrambe le parti sono state lanciate accuse di atti illeciti. Ci sono stati alcuni scontri, risultati in molti feriti e quattro morti. Il principale motivo di contrasto sembrava essere–"

Allontanai il cristallo dal petto e lo posai sul tavolino, interrompendo la visione e la voce. Con un paio di respiri profondi, tornai al presente. Il mio sguardo sfiorò di nuovo gli scaffali.

Dunque quelle erano storie del passato? Registrazioni depositate nei cristalli dai draghi prima di me, che speravano potessero tornare utili ai draghi successivi?

Non avevo notato alcun conflitto tra i mutaforma eterogenei quando ero stata con loro, e Nate non ne aveva mai parlato. Forse sarebbe stato utile ascoltare quella storia in un altro momento, ma per ora non era quella che mi serviva.

Mi alzai in piedi, feci scivolare quel cristallo al suo posto sullo scaffale e osservai gli altri. Ce n'erano centinaia nella stanza. Quale mi avrebbe dato qualcosa da usare contro i vampiri?

Non c'era altro modo di scoprirlo se non per tentativi.

Le tavolette tintinnavano dolcemente mentre ne vagliavo alcune su uno scaffale ad altezza occhi, studiando le immagini incise su di esse. Davano un'idea abbastanza chiara del loro contenuto. Come si poteva raffigurare un vampiro? Un omino stilizzato con piccoli triangoli che gli spuntavano dalla bocca?

Non ero certo un'artista. Dio, avrei registrato anche io le sfide che avevo vissuto nelle ultime settimane su uno di quei cristalli, quando i problemi sarebbero finiti?

Accantonai quel pensiero e mi chinai a guardare nello scaffale successivo. La mia mano si fermò su una tavoletta con alcune figure vagamente umane sulla sinistra e un lupo, un leone e un'aquila sulla destra. Forse quelle prime figure potevano essere vampiri?

Valeva la pena di tentare. La presi e mi rimisi comoda sulla poltrona.

La voce che risuonò nella mia testa quando strinsi a me la tavoletta era più rauca, più brusca. "Mutaforma drago Geraldine, 14 novembre, 1937. Riporto lo stato attuale delle interazioni tra mutaforma e umani. Assisto al peggioramento di questo problema sin da quando ero una bambina. Gli umani continuano a riprodursi, e ne arrivano sempre di più dall'altra parte dell'oceano. Le loro città si stanno espandendo. Mettono radici ovunque vogliano. A volte fin troppo vicino ai nostri territori per i nostri gusti."

L'immagine che mi si parò davanti agli occhi mostrava un gruppo di mutaforma che osservava le case che venivano erette sul pendio della collina del loro villaggio. Poi si trasformò in una scena in cui gli stessi mutaforma caricavano le auto con degli scatoloni e si allontanavano lungo una strada tortuosa, sempre più in profondità nella natura selvaggia.

"Abbiamo preservato le terre intorno alle nostre tenute per secoli, ma quelli che vogliono vivere altrove trovano opzioni sempre più limitate dal numero e dalla distribuzione delle comunità umane. Ora entrerò nel dettaglio di alcune strategie che abbiamo usato per limitare l'esposizione tra—"

Allontanai la tavoletta e scossi velocemente la testa per liberarla. Le informazioni che la mia antenata aveva raccontato erano sicuramente cose su cui avrei voluto tornare – ma non in quel momento, quando i vampiri stavano causando ben più problemi degli umani.

Un paio di scaffali erano vuoti, sicuramente per lasciar spazio a contributi futuri. Posai la tavoletta sull'occupazione umana su uno di quelli, così l'avrei ritrovata facilmente quando avrei avuto il tempo di prestarvi davvero attenzione.

Diedi un'occhiata a un armadietto chiuso, trovando pile di cristalli vergini che sarebbero serviti a me o ai futuri draghi. Speravo che avrei trovato un manuale d'istruzioni o qualcosa del genere da qualche parte. Poi tornai a frugare tra le altre registrazioni.

A un certo punto, nella fila successiva, riconobbi un'incisione che attirò la mia attenzione. Afferrai la tavoletta.

A un esame più attento, l'immagine non era esattamente la stessa che avevo ricordato. Raffigurava draghi e figure umanoidi un po' troppo alte e magre per essere davvero umane. Le fate. Avevo visto incisioni come quella sul piedistallo nella grotta sulla montagna, dove avevo trovato le fiamme della verità che le fate e i mutaforma avevano creato insieme.

I draghi e le fate erano insieme anche nell'immagine su quella tavoletta. Una fata teneva la mano poggiata sulla spalla del drago accanto a lei. Altre due erano in piedi con le teste chinate l'una verso l'altra, con quella che sembrava una fiamma in mezzo a loro.

Non sembrava che parlasse di vampiri, ma forse i nostri rapporti con l'altra comunità paranormale dominante mi avrebbero aiutato a intuire qualcosa di più. E non potevo negare di essere curiosa di sapere in che modo noi e quegli esseri esili e scintillanti fossimo mai andati d'accordo.

Ripresi il mio posto sulla poltrona e mi strinsi la tavoletta al petto.

"Mutaforma drago Charlotte, 1842. Vorrei riportare un progetto comune che ho intrapreso con le fate, nostre compagne, e descrivere in dettaglio lo stato attuale della nostra alleanza."

Un'alleanza, eh? Era evidente che fosse andata in frantumi ormai molto tempo prima.

Riuscii a rimanere calma mentre la visione della tavoletta prendeva forma davanti ai miei occhi. Fate alte, snelle e lucenti svolazzavano in una foresta aperta in mezzo a un branco di lupi. Un drago verde smeraldo si librava in volo.

Le fate non stavano fuggendo dai mutaforma né li stavano inseguendo. Dal bagliore dei sorrisi e dal modo in cui si muovevano gli uni nel gruppo degli altri, capii che si stavano… *divertendo* a condividere il bosco. Un'immagine che non mi sarei aspettata di vedere.

Ma, in fondo, l'unica volta che avevo visto tante fate era stato nella visione che mostrava un gruppo di loro uccidere mia madre a colpi di magia.

"Immagino sia logico che mutaforma e fate si capiscano meglio di quanto sia possibile per entrambi i gruppi con i vampiri," continuò la voce dolce del precedente drago. "A differenza loro, noi siamo attratti dalla vita più che dalla morte. Anche se a qualcuno di noi può piacere una corsa notturna, a tutti i mutaforma che ho conosciuto piace starsene sdraiati al sole, cosa che le fate adorano. E il fuoco del mio drago ha così tanto in comune con la magia delle fate che mi hanno assicurato di poter creare un collegamento tra i due, unendo il loro potere al mio. Sono entusiasta delle possibilità."

L'immagine turbinò, mostrando il drago color smeraldo che soffiava fuoco verso una donna fata, che a sua volta lo assorbiva in un flusso di magia bluastra. Mi mancò il fiato a guardarla. Allontanai la tavoletta per riordinare le idee.

Blu e rosso che si mescolano. Per creare il viola delle mie fiamme della verità? Era quello il mutaforma drago che aveva creato il potere in cui ero incappata quasi due secoli dopo?

Se eravamo riusciti a creare *quel* potere con le fate, cos'altro eravamo capaci di fare insieme?

Non appena quella domanda mi passò per la testa, mi

si strinse la gola. Forse i draghi erano riusciti a collaborare con le fate in un passato lontano, ma tante cose erano cambiate da allora. Come si era arrivati al punto in cui la regina delle fate si voltava dall'altro lato mentre la sua gente massacrava mia madre?

Come diavolo avremmo mai potuto fidarci di nuovo di loro?

Non sapevo cosa fosse andato storto, ma non potevo rispondere a nessuna di quelle domande senza saperne di più. Inspirando profondamente, riportai la tavoletta al petto per vedere cos'altro poteva dirmi la mia lontana antenata.

14

Ren

Qualcuno mi stava chiamando. Il mio nome mi raggiunse da una distanza interminabile, come dall'altra parte dell'oceano. All'inizio quasi non lo sentii. Poi penetrò con molta più insistenza attraverso la mia concentrazione.

"Ren! Principessa, se non dici qualcosa al più presto, sarò costretto a far scattare tutti gli allarmi."

Spinsi via la tavoletta che stringevo al petto. Mi girava la testa. Nel profondo vuoto che si era formato nella mia pancia, il mio stomaco si era rivoltato.

Da quanto tempo ero laggiù, nell'archivio del seminterrato? Mi strofinai la fronte come se potessi diradare la foschia che avvolgeva i miei pensieri, e alla fine trovai la forza di rispondere a Marco. "Sono qui! Scusate. Ero… molto assorbita."

La sua risatina si propagò sommessa giù per le scale. "Forse è meglio se cerchi di tornare tra noi per un po'. Credo che sia ora che mangi qualcosa. E anche se ho piena fiducia nella tua capacità di badare a te stessa, alcuni degli altri tuoi compagni potrebbero bucare la moquette a furia di camminarci sopra avanti e indietro."

Ero lì da molto più di quanto avessi realizzato, allora. Quel nodo allo stomaco mi ricordava che sì, prima o poi avrei dovuto cenare.

Mi alzai faticosamente dalla poltrona. I muscoli della schiena mi fecero male per quanto tempo avevo passato seduta. Seduta a guardare visioni di tempi passati.

Eppure non avevo ancora trovato quello che stavo cercando. Né il motivo per cui avevamo rotto i rapporti con le fate, né una ragione per pensare che avremmo potuto contare di nuovo su di loro. Mi morsi il labbro per la frustrazione mentre risalivo al piano principale.

Marco si allontanò dalla porta per farmi passare. "Ecco il mio drago," disse dolcemente. "Hai trovato qualcosa di utile?"

"Non lo so," risposi. La salita mi provocò un capogiro. Il mio stomaco aveva bisogno di cibo al più presto. "Forse sarebbe meglio se parlassi con tutti voi in una volta sola."

"Posso aspettare ancora un po'."

Fece una pausa, guardandomi da capo a piedi. Probabilmente avevo un aspetto pessimo quanto quello che sentivo di avere. L'espressione dell'alfa felino si ammorbidì. Mi cinse il viso con le mani, accarezzandomi le guance, e posò un leggerissimo bacio al centro della mia fronte. "Se non ci sei ancora arrivata, lo farai presto, principessa. Ne sono sicuro."

Bene. Qualcuno doveva proprio esserlo, e di certo non ero io.

L'aroma intenso delle bistecche appena grigliate mi solleticò il naso. Quando arrivammo nella sala da pranzo, avevo l'acquolina in bocca.

"Guardate cos'ha portato il gatto," annunciò Marco con un sorrisetto mentre gli altri alfa alzavano lo sguardo dal tavolo al quale erano seduti.

C'era anche Kylie. Si avvicinò per prima. "Allora, qual è il grande segreto? Ti è permesso dirci cosa c'è laggiù? Cos'hai fatto tutto il pomeriggio?"

Avevano tutti gli occhi puntati su di me, in attesa di sapere se quel viaggio era servito a qualcosa. Mi si strinse lo stomaco. "È… piuttosto difficile da spiegare."

Marco mi appoggiò le mani sulle spalle. "Credo che la nostra Principessa delle Fiamme abbia bisogno di mettere qualcosa nello stomaco. Dov'è la cena?"

Neanche a farlo apposta, un paio di mutaforma emersero dalla cucina portando dei piatti. Nate fece loro cenno di dare a me il primo. Mi lasciai cadere sulla sedia più vicina e afferrai le posate.

Bastarono un paio di bocconi perché la mia mente cominciasse a schiarirsi. Bevvi dell'acqua dal bicchiere che mi avevano portato e guardai intorno al tavolo. I miei alfa e Kylie stavano mangiando, mentre il resto dei simili ci aveva lasciato un po' di privacy.

Ma la loro attenzione era ancora su di me. Non appena le mie mani si fermarono, West alzò lo sguardo, incrociando il mio con espressione interrogativa. Aaron alzò la testa, con gli occhi che brillavano per l'entusiasmo.

Doveva morire dalla voglia di sapere quali segreti sui draghi avevo scoperto.

Niente in quell'archivio sembrava così top secret. Avevo la sensazione che nessuno, a parte i draghi, potesse andare laggiù e maneggiare direttamente le tavolette, ma nulla mi aveva fatto pensare che non avrei dovuto condividere le informazioni che avevo appreso.

La cosa più difficile era capire come spiegare tutte quelle cose senza l'aiuto del mormorio della voce e delle immagini nella mia testa.

"Non ho trovato nulla di specifico sui vampiri," dissi lentamente. "C'è... praticamente una stanza piena di registrazioni. Pezzi di storia raccontati da mutaforma draghi precedenti, per quelli che sarebbero venuti dopo di loro, riguardanti avvenimenti passati. Sono finita per passare quasi tutto il tempo ad ascoltare quelli sulle fate."

Gli occhi di West si strinsero in due fessure. "Cosa c'entrano loro? Pensi che stiano aiutando i vampiri?"

"No, niente affatto," risposi, agitando la mano in aria come se quel gesto potesse annullare qualsiasi impressione sbagliata avessi dato. "Se c'è una cosa che ho capito, da quello che ho ascoltato, è che è impossibile che le fate possano mai allearsi con i vampiri. Sono praticamente opposti. Ma immagino che voi lo sappiate già."

Mi strofinai il viso con le mani. Sotto così tanti aspetti, io stavo ancora iniziando a recuperare le conoscenze di base sul mondo paranormale. Però c'era una cosa di cui loro non sapevano molto. "Ero più interessata a capire come collaborassero con i mutaforma."

"Quindi le registrazioni dicevano qualcosa in più sulla

loro associazione?" Aaron si chinò in avanti. "Non capisco perché le nostre cronache siano così limitate al riguardo."

"Sembra che i leader delle fate preferissero avere a che fare per lo più con i draghi," spiegai. "C'entra qualcosa con il fatto che... avevano una sintonia maggiore con noi, perché loro sono così legate alla luce e all'energia – cose che ricordano un po' il nostro fuoco. Quindi ho l'impressione che non interagissero molto con gli altri mutaforma, all'epoca."

"Meglio per noi," borbottò West.

Esitai. Sapevo meglio di chiunque altro quanto fosse delicato l'argomento per lui. "A quel tempo erano *buoni* alleati, almeno per certi versi," dovetti ammettere. "È grazie a loro e a uno dei draghi passati se posso far dire la verità ai nostri nemici. Hanno creato quel potere perché fosse pronto in un momento di forte necessità... Ci hanno messi *anni* a perfezionarlo e contenerlo. Le fate non hanno ottenuto nulla da quello sforzo, se non la consapevolezza di averci dato una nuova forza."

"Quello e un metodo pratico di attirare i mutaforma sulla montagna, dove avrebbero potuto ucciderci," sottolineò Marco.

Lo fulminai con lo sguardo. "Ovviamente non era quello il piano originario."

"E qual era il piano?" Domandò Nate con la sua bassa voce baritonale. "Perché pensavano che qualcuno avrebbe avuto bisogno di quel potere? Perché non darlo al mutaforma drago in carica a quel tempo?"

"Immagino che non ne avesse bisogno. L'impressione che ho è che fosse una specie di asso nella manica per noi.

Vedendo quanto in fretta il mondo stava cambiando, quanti territori gli umani stavano invadendo… Loro non sapevano che in parte sarebbero stati i nostri stessi simili a seminare il caos." Feci una smorfia. "Ma non è questo il punto."

"Qualcosa di quell'alleanza ti sembra importante, adesso," suggerì Aaron, con lo sguardo fisso su di me. "Perché ti sei soffermata su quel capitolo della nostra storia?"

"Da un lato mi è solo capitato d'imbattermici. Dall'altro… ho la sensazione che sia tutto collegato in qualche modo. Le relazioni tra le diverse comunità paranormali. Il modo in cui ci siamo scontrati. Non riesco ancora a definirlo, ma sento che c'è qualcosa di *importante* in tutti quegli eventi passati, che potrebbe aiutarci a capire cosa fare." Mi fermai e sospirai. "E poi non ho trovato nessuna registrazione sui vampiri. È come se per lo più ci fossimo tenuti alla larga gli uni dagli altri."

"Sembra esatto," commentò Marco. "Se solo avessero continuato a farlo."

"Se c'è una cosa da sapere sulla comunità delle fate, è che sono bastarde traditrici," s'intromise West. "Forse hanno finto di essere nostre alleate in passato, ma tutto quello che hanno fatto da allora…" Agitò bruscamente il braccio per aria, con una violenza che mi fece pensare alla sua cicatrice. "Segui pure la strada che vuoi, Scintilla, ma non vedo cosa potremmo guadagnare dalle fate adesso."

La smorfia sul suo viso rispecchiava quello che provavo anch'io pensando a loro. Ci avevano tolto entrambe le nostre madri, dopotutto. Deglutii a fatica e allungai un braccio sul tavolo per toccargli la mano.

Uno o due giorni prima, mi sarei aspettata che la ritraesse. Buffo quanto una conversazione – e, ehm, quello che era successo dopo la conversazione – avesse cambiato le cose. Invece girò la mano, così che potessi intrecciare le mie dita alle sue.

"Lo so," risposi. "Credimi, neanch'io mi fido di loro." Ma anche mentre pronunciavo quelle parole, un disagio più profondo mi attanagliò. Il modo in cui il mutaforma drago aveva parlato delle fate – calorosamente, quasi con ammirazione…

Era stata del tutto ingannata, oppure c'era davvero qualcosa in più da scoprire riguardo alle fate di quanto riuscissi a capire dalle mie stesse esperienze?

"Che facciamo adesso?" Domandò Kylie.

Mi accigliai. "Non lo so." Il mio sguardo scivolò sulla finestra. Fuori si era fatta sera. "Ci sono notizie dalle tenute o da qualcuna delle altre comunità?"

Nate fece no con la testa. "Ho dato istruzioni ai miei simili di contattarmi non appena ci fossero state novità. Terrò il telefono vicino."

"Lo stesso anche noi," disse Marco. "E quando avremo notizie, sarai la prima a saperlo, Ren."

I vampiri ci avrebbero davvero dato tregua quella notte? Facevo fatica a crederci. Una parte di me aveva sentito il bisogno di recarmi lì. *Dovevo* capire il perché.

Diedi una rapida stretta alla mano di West prima di lasciarla e prendere la forchetta. "Credo che la cosa migliore che posso fare sia mangiare qualcos'altro e poi tornare negli archivi. Deve esserci qualcosa di utile laggiù."

∼

Il tenue bagliore dei cristalli cominciava a darmi fastidio agli occhi. Mi appoggiai al lato della poltrona e li strofinai. Il pasto mi aveva ridato energia per qualche ora, ma mi sentivo di nuovo affaticata. Le ultime tavolette che avevo preso, più per disperazione che per un chiaro segno di utilità, non mi avevano dato una vera guida.

Doveva esserci qualcosa di più sulle fate. Come avevamo fatto a distaccarci fino a diventare quasi nemici senza che nessun mutaforma drago avesse registrato quegli eventi? Avevano riportato i modelli di crescita delle colture, per l'amor del cielo.

Mi ero appena stiracchiata per sciogliere i nervi delle spalle, quando il mio sguardo cadde su un angolo scintillante che sporgeva appena tra due scaffali. Inginocchiandomi accanto a loro, infilai la mano e tirai. Vennero fuori una tavoletta, poi un'altra e un'altra ancora. Dovevano essere cadute in una fessura nei lati parzialmente aperti degli scaffali, rimanendo incastrate lì.

Mentre esaminavo i nuovi ritrovamenti, il mio battito accelerò. Uno di essi raffigurava una fata e un drago ai lati di una linea frastagliata. Non avevo bisogno di doti da psicanalista per capire cosa significasse.

Spinsi le altre due tavolette su uno scaffale e mi lasciai cadere sulla poltrona. Era ora di scoprire cosa diavolo era andato storto tra noi e le fate.

"Mutaforma drago Mirabel," esordiva una voce stanca. "1908. È con profonda tristezza che riporto la rottura della nostra amicizia con la comunità delle fate. Abbiamo causato un incidente, lo ammetto, ma loro si sono dimostrate del tutto riluttanti ad ascoltare ragioni."

Le immagini comparivano e si susseguivano una dopo l'altra davanti ai miei occhi. Umani che si stabilivano nei pressi dei villaggi dei mutaforma. Uno di loro che uccideva una mutaforma pernice che era uscita a sgranchirsi le ali. Mutaforma che raccoglievano le loro cose e si trasferivano più in profondità nella natura selvaggia. "Era territorio delle fate," spiegò Mirabel. "Ma lo avevano condiviso con noi in passato. E i miei simili non avevano molta scelta su dove andare."

Ma qualcosa andò storto nella scena che stavo guardando. I mutaforma stavano spingendo i carri con i loro averi attraverso pianure scarsamente boscose, e li fecero rotolare giù per una collina senza accorgersi del gruppetto di fate che si stava rilassando ai suoi piedi. Le fate urlarono e scapparono, ma uno di loro non fece in tempo ad alzarsi. La ruota di un carro sbatté in pieno sulla sua gamba.

Trasalii guardando. Il ragazzo fata si allontanò in preda all'agitazione, trascinandosi la gamba ferita col volto deformato dall'agonia. Uno dei suoi compagni lanciò un grido e scagliò un fulmine magico sul carro. Lo spaccò in due con un crepitio, e metà del carico esplose in un fascio di luce.

Oggetti preziosi, tutto ciò che ai mutaforma era rimasto della loro casa. I miei simili scoppiarono in lacrime. Uno di loro si avventò sulla fata che aveva lanciato il fulmine, gettandola a terra con un colpo di artigli. Poi l'immagine svanì.

"Quindi, naturalmente, sono stata chiamata a risolvere il conflitto," disse il drago. "Sono andata a trovare la regina delle fate per sistemare la situazione in modo pacifico. Ma non era contenta di vedere solo me. Voleva che i miei simili fossero portati al suo cospetto per essere giudicati. Come se non si fidasse di me. Non potevo lasciare la mia gente in balia di un'eventuale vendetta. Ma lei ha preso il mio rifiuto come un terribile insulto. Non ha voluto sentir parlare di risarcimento per le perdite subite dai *miei* simili."

La regina nella visione girò sui tacchi, e una nuvola magica si frappose a lei e Mirabel. Il mutaforma drago si allontanò a grandi passi nella direzione opposta.

"Da allora sono stati freddi con noi," raccontò nella mia mente. "Ci hanno allontanato dalle terre che un tempo condividevamo. Rifiutano l'assistenza ai membri delle famiglie che ne hanno bisogno. Dal modo in cui si comportano, non posso fare a meno di chiedermi se non stessero semplicemente aspettando un momento come questo per avere una scusa per prendere le distanze da noi. Mia madre ha raccontato che una volta hanno cercato di rubarle il fuoco. Forse hanno capito che non lo permetteremo mai, quindi abbiamo perso utilità ai loro occhi. Se è questo il caso, allora è un bene che ci siamo liberati di loro."

La sua voce si spense. Ero di nuovo nella stanza delle registrazioni, con la tavoletta stretta al petto. Il mio cuore batteva forte.

Era davvero così che era iniziata la discordia tra i nostri popoli? Con un banale incidente e un atto di vendetta impulsivo. Ma supponevo che le tensioni fossero in corso da più tempo, se il drago precedente aveva sospettato che le fate... volessero rubarle il fuoco? Cosa diavolo significava?

E come si era arrivati da lì a un vero e proprio omicidio?

15

Nate

Non sapevo che ora fosse, ma la luna risplendeva nel cielo nero fuori dalla mia finestra. Mi spinsi giù dal letto e controllai il cellulare sulla scrivania della mia stanza, per controllare di non avere chiamate perse o messaggi in arrivo. Non c'erano notifiche, ovviamente.

Feci una smorfia allo schermo e mi diressi nel bagno privato. Piccoli dolori tormentavano ancora i miei muscoli, qua e là, se mi muovevo troppo velocemente. Potevo anche fingere di essere totalmente guarito, ma i buchi scavati dai proiettili non si erano ancora rimarginati del tutto.

Il mio corpo doveva sbrigarsi a ricucirsi. Ci aspettavano ancora troppe battaglie. Quella breve passeggiata non mi invogliò affatto a dormire. Avevo la mente annebbiata, ma per il resto ero in stato di massima allerta. La telefonata che annunciava il disastro poteva arrivare da un momento all'altro. Da un momento all'altro, Ren poteva avere bisogno di me.

Mi ributtai comunque sul letto, affondando il viso nel cuscino. Sarei stato molto più utile a tutti quanti se non fossi stato uno zombie per la stanchezza.

Il calore della coperta mi avvolse. I grilli frinivano al di là della finestra. I dolori abbandonarono i miei muscoli, ma ancora non riuscivo ad addormentarmi.

La porta delle mie stanze si aprì con un leggero scatto e un soffio d'aria. Dei passi leggeri risuonarono sul pavimento. Colsi il profumo familiare della mia compagna prima ancora che si addentrasse nella camera da letto. Aprii gli occhi e vidi il suo sorriso dolce. Scivolai più in là sul letto per farle spazio.

Lei ci salì subito, infilandosi sotto le coperte e avvolgendomi con un braccio. Indossavo solo i boxer quando dormivo. La sensazione della sua pelle nuda sulla mia mise i miei nervi in allarme in un modo molto più piacevole.

"Hai finito con le tue ricerche?" Domandai.

"Per adesso." Ren appoggiò la testa sotto al mio mento e posò un bacio sulla mia spalla. "Stanno già tutti dormendo. Volevo qualcuno con cui accoccolarmi. E ho pensato che forse ti sentivi un po' trascurato."

Ridacchiai. "Sono certo che tu mi abbia riempito di attenzioni mentre ero fuori gioco. Non è colpa tua se non ero abbastanza cosciente da godermele."

Lei mormorò qualcosa e si rannicchiò ancora più vicino. Di certo non mi sarei lamentato di quelle attenzioni.

"Come ti senti adesso?" Chiese. "Ancora dolorante?"

Non volevo che si preoccupasse per me, ma non avevo intenzione di mentirle. "Un po'. Quando si rimane feriti così gravemente, ci vuole un po' di tempo per rimettersi in sesto. Ma ci sono quasi." Le accarezzai i capelli. "Le ferite di ieri notte devono farti ancora male."

Scrollò le spalle. "Non è così grave. Ho passato la maggior parte della giornata seduta. Ho riposato un sacco." Chinò la testa all'indietro per guardarmi negli occhi. "Sicuramente *tu* hai bisogno di riposare. Sei uscito dal coma meno di un giorno fa. Spero di non averti svegliato."

"No, sono stato bravissimo a tenermi sveglio da solo," risposi con un mezzo sorriso.

Lei aggrottò la fronte. "Sei preoccupato per la tua famiglia?"

"Soprattutto. È difficile non esserlo. Ma credo che averti qui con me renderà più facile allontanare questi pensieri."

"Mmm." Fece scivolare giocosamente la mano sul mio collo e mi spinse giù la testa. Le nostre labbra s'incontrarono in un bacio lungo e delicato. Il mio corpo reagì all'istante, il calore m'inondò e il mio sesso s'ingrossò. Quando le nostre bocche si staccarono, ero dolorosamente duro e non mi dispiaceva affatto.

"Sai," iniziò Ren con una nota maliziosa nella voce. "Mi ricordo di una volta, non molto tempo fa, in cui ero tutta tesa per la preoccupazione, e tu hai trovato il modo perfetto di rilassarmi."

Un brivido impaziente mi attraversò. "Considerami totalmente a favore."

Mi spostai per coprire il suo corpo col mio, ma lei mi trattenne con una leggera spinta. "No," sussurrò, lasciando che le sue dita scivolassero sul mio petto e sull'addome, fino all'elastico dei boxer. "Stavo pensando a quella prima volta, nel furgone… Non voglio che sforzi nulla che non sia completamente guarito. Devi solo rilassarti e lasciare che mi prenda cura di te."

Dio mio, sarei potuto esplodere anche solo per quello: sentirla parlare in quel modo, mentre mi guardava così timidamente con quegli occhi da cerbiatta.

Ren mi trascinò in un altro bacio, questa volta più intenso, mentre la sua mano si avventurava nei miei boxer. Gemetti quando le sue dita si strinsero attorno alla mia erezione. Mi accarezzò dapprima con delicatezza, poi con una presa più decisa, con il pollice che sfiorava la punta della mia virilità. Il piacere pulsò nelle mie vene.

La baciai con più veemenza, ma non era abbastanza. Anche se non mi permetteva di reagire con tutta la passione che volevo mostrarle, potevo comunque ricambiare in qualche modo. Mentre mi dondolavo nel suo tocco, allungai un braccio sotto il suo vestito, infilandole la mano tra le gambe.

Ren mugolò. I nostri baci si fecero più convulsi ed entrambi cominciammo ad ansimare. Mentre le mie dita la esploravano e scivolavano nella sua apertura, le massaggiavo il clitoride con il palmo della mano. Lei spalmò le gocce del mio desiderio sulla mia lunghezza, toccandomi più velocemente.

A quel punto, stavo già volando in una nuvola di beatitudine. Era così che si sentiva quando si trasformava in quel magnifico drago e si librava nel cielo?

La pressione che si accumulava nei miei testicoli era la più meravigliosa delle torture, ma volevo vedere lei venire per prima. Arricciai le dita più in alto, nel suo centro stretto e caldo. Lei sussultò. Con il pollice premetti il suo clitoride, e il suo sesso si strinse attorno a me. Tremò nell'estasi, lasciandosi sfuggire un verso strozzato, ma senza mollare la presa su di me. Dopo altre due carezze decise, riversai su di lei il mio piacere.

Sprofondammo sul materasso, ritornando a respirare a un ritmo più naturale. Ren mi baciò ancora una volta, nel modo più perfetto possibile. Nel modo più giusto. Quando si accoccolò di nuovo accanto a me, il mio corpo si liberò finalmente di tutta la tensione, e crollai nel sonno.

Ren

Quando mi svegliai accanto a Nate, le mie palpebre protestarono, troppo pesanti per aprirsi del tutto. Aprii confusamente gli occhi nella stanza buia. Fuori dalla finestra era ancora notte.

Ma un brivido di inquietudine mi aveva scossa. Il mio cuore batteva forte.

Qualcosa non andava. I miei compagni erano agitati.

Cercai di scivolare fuori dalle lenzuola senza disturbare Nate, ma non appena mi mossi si svegliò. "Ren?" Mormorò.

"Voglio solo controllare che sia tutto okay," gli dissi. "Tu resta qui."

Come non detto. Il mutaforma orso calciò via le lenzuola per seguirmi. Prese una vestaglia da una gruccia nell'armadio. Il mio vestito era sgualcito, ma non m'importava. In quella casa mi avevano vista tutti in condizioni molto peggiori.

Quando uscimmo nel corridoio, trovammo West che camminava a grandi passi verso di noi. Si fermò, osservandoci con il lieve accenno di un sorriso divertito. Per il resto, la sua espressione era torva. Mi si strinse lo stomaco.

"Stavo giusto venendo a prendervi," esordì. "È stato più facile del previsto."

Si voltò per tornare da dov'era venuto, facendoci segno di seguirlo. Lo raggiunsi. "Che sta succedendo?" Domandai. "I vampiri hanno attaccato di nuovo?"

"Certo che l'hanno fatto," borbottò con la voce cupa quanto il suo viso. "Stanno provando diverse tattiche per contrastare gli incendi. Per lo più, serbatoi d'acqua con pompe per spegnerli. I simili nelle tenute hanno aggiunto benzina extra perché il fuoco non si estinguesse facilmente, ma alcuni villaggi non evacuati sono stati colpiti... Non erano abbastanza preparati."

Il cuore mi sprofondò nel petto. "Qualcuno è riuscito a uscire?"

Scosse la testa, serrando le mascelle. Dietro di me, Nate imprecò. "Nessuno dei miei luogotenenti mi ha contattato."

"Forse sono ancora impegnati a combattere i vampiri," ipotizzai. E a prescindere da ciò che stava accadendo là fuori, non c'era nulla che lui o il resto di noi potessimo fare, in quel momento. Per quando saremmo riusciti a raggiungere qualunque villaggio, sarebbe stata mattina, e i vampiri se ne sarebbero già andati. E per qualunque disastro si fossero lasciati alle spalle, sarebbe stato troppo tardi.

"Non è tutto," aggiunse West mentre ci affrettavamo a raggiungere la nostra sala comune privata. "Un paio dei miei uomini stavano sorvegliando l'unica autostrada che passa vicino a questa tenuta. Poco fa hanno visto passare un furgone che puzzava di vampiri, diretto verso di noi. Forse sperano di coglierci di sorpresa inoltrandosi così tanto nel nostro territorio, come avevano provato a fare i ribelli. A giudicare dalla velocità a cui stavano andando, saranno qui nella prossima mezz'ora."

Il mio cuore saltò un battito. "Non abbiamo organizzato nessuna difesa." La tenuta del mutaforma drago vantava un muro di pietra intorno ai suoi confini interni, come quella dei canidi, ma da solo non avrebbe fermato i vampiri. Non avevamo portato abbastanza mutaforma per difenderla appieno. Avevamo dato per scontato che i vampiri non sarebbero stati pronti ad avventurarsi così lontano, e che non avrebbero avuto ragione di farlo. "Come fanno a sapere che siamo qui? Siamo partiti nel bel mezzo del giorno."

"Magari non lo sanno," disse Aaron. Era in piedi all'estremità del tavolo da pranzo, su cui era poggiata una mappa. "Magari vogliono solo fare danni alla proprietà, come dimostrazione di forza per abbassare il nostro morale. Non sembra che stiano venendo in molti."

Marco incrociò le braccia, appoggiandole al bordo del

tavolo. "Oppure uno degli ultimi ribelli che si sono uniti ai succhiasangue ha deciso di fare la spia. Potrebbero aver sentito qualcosa fuori dalle mura della tenuta dei canidi. Magari qualche mutaforma stava parlando del nostro viaggio. O forse hanno semplicemente dedotto in che direzione andasse il jet."

Digrignai i denti al pensiero di quei traditori. Cosa gli avevano offerto i vampiri per fargli pensare che fosse meglio schierarsi con delle creature che volevano sterminarci tutti? O forse pensavano che una volta uccisi me e i miei alfa i vampiri sarebbero stati soddisfatti, lasciando in pace tutti gli altri? Non avevano *visto* cosa stavano facendo?

Certo, da quello che aveva raccontato Timothy… forse non ragionavano affatto. Sedici anni erano un tempo lunghissimo per portarsi dietro tanta rabbia. Ero sicura che alcuni dei mutaforma che avevano perso la battaglia alla tenuta di Marco si fossero ritirati nella natura selvaggia, per vivere la loro vita in pace, lontano da noi. Ma quelli che si erano uniti ai vampiri… erano troppo malati per poterci ragionare.

"Quindi qual è il piano?" Domandai.

Aaron diede un colpetto alla mappa. Mi avvicinai a lui. "C'è solo una strada su cui può viaggiare un furgone fino alle terre che circondano la tenuta," spiegò. "Qui, tra due delle colline. Quindi sappiamo da dove arriveranno."

Guardando le linee sul foglio, sembrava tutto molto chiaro. "Allora vado là fuori e li riduco in cenere."

Marco sorrise. "Sembra abbastanza semplice."

West, d'altro canto, si accigliò. "Sei stanca, Ren. Fino a che ora sei rimasta sveglia in quella stanza?" Serrai le labbra per evitare di rispondere sinceramente, e lui mi fulminò con lo sguardo. "Proprio come pensavo. Non mi piace l'idea di mandarti lì fuori da sola. E se ce ne fossero più di quanti ce ne aspettiamo? Se ti sparano fino ad abbatterti, potresti essere troppo lontana dalla tenuta per riuscire a tornare indietro."

"Abbiamo qualche auto nel garage," iniziò Nate.

Vidi chiaramente la risposta a quel suggerimento negli occhi di Aaron. "Ma nessuna è abbastanza robusta da resistere agli spari, giusto?" Intervenni. "Voi siete molto più vulnerabili di me, là fuori. E loro saranno altrettanto felici di uccidere voi." Strinsi le mani. "Sentite, mi limiterò a volare e fare da guardia. Se li vedo fermarsi e prepararsi a scendere con le armi, li friggerò ancor prima che ne abbiano la possibilità. Altrimenti li aspetterò qui fuori. Okay? *Non possiamo* stare con le mani in mano."

West non sembrava contento, ma non ebbe nulla da ridire. Aaron annuì. "Sembra il miglior modo per gestire la situazione."

"Allora è meglio che vada, prima che sia troppo tardi per fermarli."

Percorremmo insieme i corridoi fino all'ingresso principale. Lanciai un'occhiata all'ala degli ospiti, ma non volevo svegliare Kylie. Avevo la sensazione che ci sarebbero state molte altre battaglie alle quali avrebbe potuto contribuire.

Sui gradini d'ingresso, mi spogliai e mi trasformai con disinvoltura, come se l'avessi fatto per tutta la vita. Il mio corpo si espanse nell'aria. Spingendomi sui talloni artigliati, mi librai in cielo.

Mantenni la mia parola. Mentre gli alfa e alcune delle

guardie che West aveva portato con sé si riunivano nel cortile, rimasi in volo sopra la tenuta battendo costantemente le mie grandi ali. Il fuoco mi pizzicava la gola, chiedendo di uscire. Non potei fare a meno di ricordare il commento del mutaforma drago passato, sul tentativo delle fate di rubare quelle fiamme a sua madre.

Non ebbi il tempo di fermarmi a rifletterci. Un movimento in lontananza tra i pendii morbidi catturò il mio sguardo.

I vampiri avanzavano a fari spenti – avevano una visione notturna perfetta e nessun interesse a darci un preavviso. Ma la luna era abbastanza luminosa da permettere alla mia vista da mutaforma di cogliere il veicolo che si dirigeva verso di noi.

Sicuramente era così luminosa da permettere anche a loro di vedere me, in attesa nel cielo stellato. Il furgone aveva percorso solo un quarto del percorso tra le colline e la tenuta quando iniziò a rallentare.

Mi feci coraggio. Flettendo ogni singolo muscolo e sbattendo forte le ali, mi avvicinai in volo. Nell'istante in cui i vampiri si fossero fermati o avessero dato segno di scendere, mi sarei tuffata in picchiata. Dovevo incenerirli prima che potessero puntarmi le armi addosso.

Il furgone non si fermò, però. Al mio movimento, fecero inversione. Quando si furono girati completamente, diedero gas. Si allontanarono sulla strada da dove erano venuti.

Mi lanciai all'inseguimento, gettando indietro le ali con il vento che mi sferzava le squame. Il prurito nella mia gola divenne un bruciore furioso. Il rumore degli spari tornò a echeggiare nella mia mente, insieme all'impatto dei proiettili e al corpo di Nate che si accasciava al suolo, qualche notte prima.

I vampiri erano sempre più lontani, già quasi al valico tra le colline. No, non li avrei lasciati scappare. Sbattei le ali in aria, digrignando le zanne per la frustrazione.

Un formicolio s'insinuò nella mia rabbia. Uno strattone. Cercai di scrollarmelo di dosso, ma mi avvolse completamente. Improvvisamente, il suo significato mi colpì.

I miei compagni mi stavano chiedendo di tornare a casa.

I miei muscoli si tesero, rifiutando l'idea di ritirarsi. Potevo continuare, volare più forte, più lontano. Lo sentivo.

Ma non era quello il piano, giusto? Gliel'avevo promesso. E l'ultima volta che mi ero lasciata trasportare dalla volontà di vendetta, avevo dato fuoco a un'intera foresta. Non appena il furgone si fosse allontanato dalla mia vista, scomparendo nel valico, i vampiri avrebbero potuto fermarsi e prepararsi al fuoco.

Forse era proprio quello che volevano: che io continuassi a inseguirli.

Un dolore mi esplose nel petto. Non volevo semplicemente lasciarli andare. Volevo che fossero ridotti in cenere. Nonostante tutto, mi costrinsi a lasciarmi andare al vento e a fare dietro front.

L'odore di trifoglio mi riempì di nuovo il naso mentre planavo sulla proprietà che avevo ereditato insieme al mio ruolo, atterrando infine nel cortile erboso della tenuta. Tornai nel mio corpo umano non appena i miei piedi toccarono terra. L'erba era morbida e fresca sulla mia pelle.

Poi qualcuno mi avvolse le spalle, stringendomi in un forte abbraccio dal profumo di pini.

West. L'ultimo briciolo della mia rabbia svanì quando seppellii il viso nella sua spalla. Non era mai stato il primo a venire da me dopo una trasformazione, ma ora era tutto diverso.

Era *tutto* diverso.

Mi aiutò ad alzarmi, tenendomi ancora stretta a sé. Non avevo bisogno del suo aiuto per stare in piedi, ma era comunque piacevole averlo accanto. E mi piaceva vedere da vicino il lieve rossore d'imbarazzo che gli tingeva il collo.

Gli altri miei compagni si erano radunati attorno a noi. "I vampiri se ne sono andati," dissi. "Mi hanno vista e sono andati via. Per ora."

Le ultime parole lasciarono le mie labbra con un peso sinistro. Sapevamo tutti che sarebbero tornati l'indomani, con i rinforzi e un piano migliore.

"Allora ci prepareremo per il loro ritorno," esclamò Nate, ma percepii un filo di preoccupazione nella sua voce. Non si trattava solo di quella tenuta, ma di tutti gli altri mutaforma sparsi per il Paese che dovevamo proteggere.

Era troppo per un drago soltanto. Lo sapevo. Forse era troppo anche per me, i miei alfa e tutti i simili che erano al nostro fianco.

Se potevamo evocare i poteri di un'altra specie, dovevo scoprirlo.

Feci un respiro profondo e sollevai il mento. "Non appena sarà giorno, voglio parlare con le fate."

16

Ren

"Quest'idea non mi convince, Scintilla," disse West mentre ci inoltravamo nella sterpaglia della fitta foresta. I ramoscelli scricchiolavano sotto i nostri piedi. Io e i miei alfa ci stavamo facendo strada tra i boschi dall'altra parte di una delle mie colline, non molto oltre la proprietà che apparteneva alla tenuta dei draghi, verso un appezzamento di terra delle fate. Il cielo si era annuvolato, ma alcuni raggi di sole lo attraversavano, portando con sé la calura estiva anche a quell'ora del mattino.

"Per qualche motivo diverso dalle centinaia di lamentele che hai già espresso?" Domandai al lupo.

West mi fulminò con lo sguardo. Poi la sua espressione si addolcì mentre asciugava una goccia di rugiada fresca che mi rigava la guancia. "Ancora non hai avuto molto a che fare con le fate. Non gli ho mai visto fare un gesto che dimostrasse un minimo di cordialità nei nostri confronti. Persino il fanatico di storia laggiù non ha mai sentito parlare di relazioni amichevoli tra le nostre comunità." Puntò il pollice verso Aaron.

Suonava abbastanza simile alle precedenti obiezioni. "Okay, ma io *so* che hanno collaborato con i draghi in passato. Avete visto tutti le incisioni sul piedistallo in quella caverna. Ho ascoltato un drago di quasi duecento anni fa parlare di quanto fossero fantastiche le fate."

"Duecento anni sono un periodo abbastanza lungo," sottolineò Marco.

"Lo so," risposi. "E ovviamente i rapporti si sono fatti piuttosto – beh, incredibilmente – bruschi da allora. Ma…" Sfiorai il braccio di West in quella che speravo fosse una carezza rassicurante. "Ci servono alleati. I vampiri ci stanno quasi distruggendo. Un tempo le fate erano disposte a stare dalla nostra parte. Non sto dicendo di fargliela passare liscia per le cose sbagliate che hanno fatto. Devo solo scoprire se c'è qualcosa che posso fare per ricucire i rapporti – almeno quanto basta perché ci aiutino a respingere i succhiasangue."

"Vuoi sempre vedere il buono nella gente, vero?" Rispose con sguardo severo.

Inarcai le sopracciglia. "Una qualità per la quale penso che *tu* dovresti essere particolarmente grato."

Nate coprì una risatina con un colpetto di tosse. West lanciò un'occhiata all'orso con un ringhio, ma con fare più scherzoso che minaccioso. Poi mi diede una gomitata. "E va bene, ho capito. E penso davvero che le fate potrebbero odiare i vampiri almeno quanto odiano noi. Forse anche di più. Se li odiano di più, forse possiamo trarne qualche vantaggio. Ma non voglio che si avvicinino alla mia famiglia."

"Lo terrò a mente."

"Sei proprio una tipa ambiziosa, Principessa delle Fiamme," mi stuzzicò Marco. "Quando ti abbiamo trovata, qualche settimana fa, ti abbiamo presa con noi e ti abbiamo detto che il tuo compito era quello di unire le famiglie dei mutaforma. E, sorpresa! Sei già passata da quello a unire intere comunità soprannaturali."

Sorrisi. "Beh, non credo di aver già esattamente *unito* le famiglie. E non so se riuscirò a combinare qualcosa con le fate. Staremo a vedere."

"West ha ragione su una cosa," intervenne Aaron. "Puoi giocare la carta del loro interesse personale. I vampiri potrebbero tranquillamente decidere di voler sterminare le fate, una volta finito con noi."

"Ho ragione solo su questo?" Brontolò West scuotendo la testa.

"Il resto lo vedremo. Dubito che gli antenati di Ren abbiano registrato eventi che non sono mai accaduti. Ma concordo sul fatto che le fate non hanno dimostrato molta cordialità da quando sono vivo."

Beh, in quei giorni sembrava essere la normalità, per me. *Affrontare l'impossibile: La storia di Serenity Drake.* Da chi avrei voluto essere interpretata per la versione cinematografica?

Nate si fermò, toccando un segno sul tronco di un albero. "Stiamo entrando nel dominio del leader locale delle fate. Forse dovremmo tenere per noi i commenti negativi, da qui in poi?"

"Ottima idea," risposi, rivolgendomi con particolare enfasi a West.

Lui alzò le mani. "Non rovinerò la tua missione di pace, Scintilla. Ma non ti prometto che non dirò 'te l'avevo detto', se dovesse finire male."

Alzai gli occhi al cielo in risposta. "Se lo dirai mentre fai un uso migliore di quelle mani, io prometto di non prendermela."

Il suo sguardo s'infuocò in un istante. "Affare fatto."

Finalmente lo avevo fatto sorridere. Magari quel pensiero lo avrebbe tenuto di buonumore fino alla fine della missione.

Le fate non ci stavano aspettando come quando avevo incontrato la loro regina, non molto tempo prima. Mi fermai a pochi passi dal sentiero sconnesso ai margini del loro territorio, e mi appoggiai a un albero per aspettare. L'ultima cosa di cui avevo bisogno era iniziare quell'incontro improvvisato con il piede sbagliato, irrompendo nelle loro terre. Potevo almeno mostrare il giusto rispetto. Volevo solo che si accorgessero della mia presenza.

Ci volle solo qualche minuto. Una figura alta e snella scivolò in mezzo agli alberi. La sua intera forma luccicava in un bagliore che rendeva difficile capire se indossasse vestiti o, in caso contrario, quanto fosse umano il suo corpo.

"Mutaforma," salutò la donna fata con un lieve cenno del capo. "Drago e alfa. Queste sono le nostre terre."

Raddrizzai la schiena. "Lo so. Vorrei parlare con il leader di queste terre."

Gli occhi della fata brillarono di un luccichio ancora

più intenso, come una moneta d'argento immersa nell'acqua, sotto la luce del sole. "A che proposito?"

Ricordai il suggerimento di Aaron. "Una minaccia importante che potrebbe colpire entrambi i nostri popoli."

La donna strinse le labbra, ma fece un altro cenno con la testa. "Vedrò se è disposto a incontrarti. Aspettate qui."

C'era una nota leggermente accusatoria nelle sue ultime parole, come se pensasse che non vedevamo l'ora di andare a zonzo nel loro territorio alla prima occasione utile. "Va bene," risposi appoggiando la schiena all'albero.

"Oh, sì," disse West sottovoce quando la donna svanì nel bosco. "Sono sconvolto da questo caloroso benvenuto."

Gli feci la linguaccia, poi sperai *con tutto il cuore* che nessuna fata ci stesse osservando. "Non ho ancora avuto modo di far valere le mie ragioni."

Lui sospirò. "Beh, se qualcuno può riuscire a convincerli, quella sei tu."

Quello fu il più grande voto di fiducia che avessi mai ricevuto da lui, e lo accettai.

"Quindi le fate hanno dei leader diversi in base a dove vivono?" Domandai ad Aaron, immaginando che l'alfa aquila fosse quello che ne sapeva di più su quel genere di argomenti. "Suppongo che non ci siano diversi tipi di fate, come con le famiglie di mutaforma."

Lui annuì. "Le fate hanno un equilibrio unico con la natura. La loro nascita avviene accanto a una pianta, una sorgente naturale o qualcosa di simile. Germogliano come una specie di colonia, in connessione con gli alberi e qualunque cosa ci sia nelle vicinanze."

Un pensiero agghiacciante mi colpì. "Cosa succede se

sono costrette a lasciare il luogo degli elementi a cui sono connesse? Ad esempio se gli umani si trasferiscono lì?"

"Non ne sono sicuro," rispose Aaron. "Si dice che, se sono costrette ad andarsene, dopo un certo periodo di tempo si estinguano. Alcune cronache raccontano casi di fate morte quando l'elemento al quale erano collegate è stato distrutto. Il legame è molto forte."

Questo significava che l'invasione umana aveva colpito le fate molto più di noi. I mutaforma potevano andar via e spostarsi, a patto che ci fossero terreni liberi in cui trasferirsi. Le fate non potevano permettersi quel lusso.

Un sussurro sfavillante trasportato dalla brezza mi fece rizzare i peli sulla nuca. Mi spinsi in posizione completamente eretta. Un secondo dopo, un uomo fata scintillante comparve al centro della radura.

Non era impressionante come la regina che avevo incontrato nei pressi della tenuta di Aaron, ma c'era da aspettarselo. Era solo un capo locale. Brillava comunque più della sottoposta che lo aveva mandato da noi. Teneva la testa alta e le spalle squadrate. Come tutte le fate, era slanciato e magro, ma era più alto della maggior parte di loro, e il suo mento spigoloso arrivava quasi all'altezza della fronte di Nate. Di sicuro l'orso aveva una cinquantina di chili di muscoli in più, però.

"Il mio nome è Cerimon," si presentò. "Governo questa parte del bosco. Cosa ci fate qui, mutaforma drago e alfa?"

Non si preoccupò di mostrare alcun segno di rispetto, esattamente come aveva fatto la regina. Ma non m'importava, in realtà. Volevo solo andare dritto al sodo.

"Non so quanto tu sia al corrente di quello che

succede da questo lato della foresta," iniziai. "Ma noi mutaforma siamo sotto attacco dei vampiri. Hanno già massacrato chiunque siano riusciti a raggiungere, in diversi villaggi. Hanno quasi ucciso uno dei miei compagni. Usano armi da fuoco della peggior specie, e sembrano determinati a continuare ad attaccarci finché non ci avranno distrutti."

Cerimon rispose con un piccolo cenno del capo. Non capii se stesse confermando di aver sentito parlare dell'accaduto oppure di starmi ascoltando. "E perché la questione dovrebbe riguardarci?"

Mi costrinsi a reprimere una smorfia. "Ho saputo che un tempo draghi e fate erano alleati." Mi portai la mano alla gola. "Io detengo il potere che la mia specie e la vostra hanno creato insieme. So che nell'ultimo secolo i rapporti sono stati… tesi, tra noi. Ma speravo che potessimo almeno discutere della possibilità di collaborare per affrontare il nostro nemico."

"Il *vostro* nemico, a quanto sembra," rispose il leader.

"Probabilmente diventerà anche vostro, se ve ne restate in disparte con le mani in mano," intervenne Aaron pacatamente.

"Pensate davvero di potervi difendere da soli, se i succhiasangue si mettono in testa di far sparire anche le fate dal Paese?" Domandò Marco.

Feci cenno ai miei compagni di starne fuori. Cerimon si stava infastidendo.

"Ora dite così," rispose. "Ma negli ultimi anni abbiamo avuto più problemi con la vostra specie che con i vampiri." Il suo sguardo scivolò su Nate. "Che mi dici del gruppo dei tuoi simili che si è insediato ai margini del nostro territorio, nel Nuovo Messico, e ha abbattuto uno dei nostri alberi per ricavarne legna da ardere?"

Un brivido mi percorse la schiena. Nate alzò le mani. "I miei simili non avevano visto fate in quella zona. Non avevano capito che l'albero fosse speciale."

"Era marchiato," sbottò Cerimon. "Una vita è stata spezzata."

"E abbiamo fatto tutto il possibile per rimediare."

Come si può rimediare a una vita stroncata? Stavo iniziando a ribollire di rabbia. Lo sguardo del leader delle fate si spostò su Marco. "E i tuoi felini. Ho addirittura perso il conto di quante volte ho sentito dire che se ne vanno in giro spezzando rami e calpestando cespugli, senza preoccuparsi della terra in cui si avventurano."

"Credimi," disse Marco seccamente. "So perfettamente quanto possano essere fastidiosi i miei simili. Li terrei più sotto controllo, ma non lo sopporterebbero. Faccio quello che posso. E anche noi abbiamo offerto un risarcimento quando necessario. Ti assicuro che si è trattato solo di sbadataggine, non di cattiveria. Non avevano alcuna intenzione di farvi del male."

"E tu." L'attenzione di Cerimon passò a West. "La tua gente si è appropriata di un intero tratto di foresta che apparteneva a noi, non lontano dalla tua tenuta, e poi ha attaccato le fate quando hanno cercato di riprenderselo."

Le labbra di West si ritrassero per mettere in mostra i denti. Oh oh. "Le fate hanno cercato di 'riprenderselo' facendo esplodere con la magia qualunque mutaforma gli capitasse a tiro," rispose in quello che sembrò quasi un ringhio. "E si trattava di una terra che, per quanto ne sapevamo, avevate abbandonato. Se le fate fossero venute a parlarmene in maniera pacifica, avrei fatto trasferire il nuovo villaggio. Invece avete ucciso otto dei miei."

"E quanti dei nostri pensate che abbiamo perso a causa dei vostri 'errori' e delle vostre 'sbadataggini'?" Ribatté il capo delle fate. Poi si voltò verso di me. "So che hai assunto la tua posizione tra i mutaforma da poco. Non ti incolperò per ciò che è successo prima che avessi il controllo della tua specie. Ma ho tutte le ragioni per ritenere che non possiamo più fidarci di voi."

"Mi dispiace," dissi sinceramente. Non sapevo di preciso cosa fosse successo in ognuna delle situazioni che aveva menzionato... ma era chiaro che non fosse stato piacevole per loro. I miei alfa erano convinti che i loro simili avessero buone intenzioni e che la colpa fosse delle fate. Come potevo biasimarle per aver pensato la stessa cosa? Cominciavo a sospettare che, se avessimo esaminato attentamente quegli incidenti, avremmo scoperto che la verità si trovava da qualche parte nel mezzo.

"Posso solo fare appello alla nostra storia," proseguii. "Ci siamo scontrati, abbiamo avuto dei conflitti, ma apprezziamo anche le stesse cose, non è così? La vita, la libertà di scorrazzare nella natura, le terre dove possiamo essere noi stessi, lontano dagli esseri umani. Da quello che ho visto, ai vampiri non interessa nulla di tutto questo. Probabilmente *vogliono* solo più città, più persone, per avere più vittime di cui nutrirsi."

Cerimon serrò la mascella. I suoi occhi erano annebbiati. No, nemmeno a lui piacevano i vampiri.

Avvertii una piccola scintilla di speranza. Poi lui girò sui tacchi, dandomi le spalle.

"Questo è ciò che fanno i mutaforma," disse

lanciandoci un'occhiata da sopra la spalla mentre si allontanava da noi. "Chiedono, prendono e prendono, ma quando mai ci danno qualcosa? Se volete un compromesso, una collaborazione di qualsiasi tipo, posso dirvi solo una cosa per certo. Ci vorrà molto di più di una chiacchierata per convincerci a credere in voi."

17

"Bastardi ostinati," borbottò West mentre percorrevamo il corridoio della mia tenuta verso la sala da pranzo principale. Era ancora presto per il pranzo, ma avevamo fatto colazione all'alba, quindi ero più che pronta a mangiare qualsiasi cosa il cuoco avesse preparato. Anche se al momento il mio stomaco sembrava fatto per lo più di nodi.

"Sono successe molte cose," precisai. Non c'era bisogno di chiedere per capire che si stava ancora lamentando delle fate. "Molte delle quali ovviamente non sono state piacevoli. Capisco perché non si fidano di noi."

"Ci ha fatto sembrare dei vandali che rovinano tutto ciò che toccano. Naturalmente non ha parlato di tutte le volte che *loro* si sono introdotte nei nostri territori o ci hanno aggredito senza alcuna vera provocazione. L'attacco alle terre vicine alla mia tenuta? Hanno fatto un paio di commenti stizziti e poi, neanche un giorno dopo, ci hanno assaliti riversando su di noi tutta la loro rabbia, perché non avevamo capito che avevano cambiato idea."

"Ehi." Lo trattenni mentre gli altri alfa raggiungevano la sala da pranzo. "Lo sai che non credo che la tua famiglia – la *nostra* famiglia – meritasse quello che gli è successo, vero? Non sto dicendo che le fate abbiano sempre avuto ragione. Di sicuro avrebbero dovuto lasciare in pace mia madre. Ma ovviamente le storie che si tramandano tra loro le fanno sempre passare per vittime. Adesso è tutto troppo complicato. Ma magari, se sbrogliamo questa matassa, possiamo trovare un modo per essere entrambi più forti."

La bocca di West si contorse. La sua frustrazione era palese in ogni centimetro del suo corpo, dalle fiamme nei suoi occhi alla tensione delle braccia. Ma quando sostenni il suo sguardo, le sue spalle si rilassarono. Deglutì sonoramente e si chinò verso di me, sfiorandomi la guancia con la sua.

"Sai che il mio sfogo non è inteso come un attacco nei tuoi confronti, vero?" Mi rincuorò. La sua voce gutturale si fece improvvisamente dolce. "Io non credo nelle fate, ma credo in te."

"Lo so," risposi. "Ed è un bene, perché è tutto ciò di cui ho bisogno."

Gli accarezzai il lato del volto, e lui girò la testa per baciarmi. Brevemente, ma con una passione tale da farmi desiderare di non avere un'intera combriccola ad aspettarci per il pranzo. Il mio compagno era di gran lunga più delizioso di qualunque banchetto ci aspettasse.

West emise un verso di frustrazione come se stesse

pensando la stessa cosa. "Non pensavo di poterti desiderare ancora di più," mormorò. "Ma ora che posso averti… non sai quanto vorrei portarti nel mio letto e tenerti lì per almeno un giorno intero."

Un brivido di eccitazione mi percorse. "Sembra un ottimo piano per quando tutto questo sarà finito." Risposi.

Lui sorrise. "Ci conto, allora."

Gli altri alfa stavano già agguantando del cibo dalle ciotole e dai vassoi disposti sul lungo tavolo. Il profumo nell'aria mi diceva che tra le pietanze offerte c'erano uova alla diavola e insalata di barbabietole. Kylie era seduta dall'altro lato rispetto alla sedia riservata a me, accanto al resto dei mutaforma che si erano uniti a noi. Per qualche ragione, non fui sorpresa di vedere che Felix aveva preso posto di fronte a lei.

"Hai davvero intenzione di mangiare tutta quella roba?" Chiese lei con occhi spalancati mentre mi sedevo. Il piatto di Felix era così pieno di cibo da sembrare una montagna.

Il mutaforma volpe brandì la forchetta e si leccò le labbra. "Puoi scommetterci. Bisogna pur alimentare questi muscoli, sai." Fece sfoggio di un bicipite scolpito.

Kylie ridacchiò – con fare civettuolo, non sprezzante. Appoggiò il mento sulle mani giunte, guardandolo con occhi socchiusi. "Beh, non posso certo darti torto."

Sollevai un sopracciglio rivolgendomi a loro mentre prendevo delle uova. "Voi due andate proprio d'accordo."

"Felix ha dimostrato molto chiaramente di essere dispiaciuto per aver dubitato della mia straordinarietà," rispose Kylie sorridendo. "E a quanto pare è già venuto qui in passato per fare manutenzione alla casa, quindi sa dove sono *tutte* le cose divertenti."

"Spero che non ti dispiaccia se faccio fare un piccolo tour alla tua amica, mutaforma drago," mi disse Felix. "Devo ammettere di star sviluppando una piccola dipendenza al passare del tempo con lei sta." Fece l'occhiolino a Kylie.

"Sempre meglio che vedervi saltare alla gola a vicenda," risposi. Anche se avevo l'impressione che era proprio quello che stava succedendo – in senso buono, però. Era un bene che Kylie si stesse divertendo, invece che stressarsi per delle missioni alle quali neanche pensavo fosse saggio portarla con me. Era buffo che fosse finita per trovare quel divertimento proprio con l'unico uomo che aveva dubitato di lei al suo arrivo.

Il telefono di Kylie squillò. E poi squillò ancora. Lo tirò fuori dalla tasca per controllare i messaggi, aggrottando la fronte. Dopo aver digitato un paio di messaggi e letto le risposte, lanciò un'occhiata a me e agli alfa.

"Avete presente quel fratello del mio conoscente che lavora per un deposito di materiale di sicurezza? Stamattina presto hanno ricevuto un ordine per un mucchio di camion blindati. In tanti punti diversi del Paese, ma anche nelle città in cui ci sono più vampiri, come avete detto voi. Dovrebbero essere consegnati stasera. Mi sembra più di una semplice coincidenza, non credete?"

Le mie spalle si tesero. "Infatti. Un camion blindato può attraversare un incendio, vero?"

"Forse anche sfondare i nostri cancelli," aggiunse Nate,

incupendosi.

"E il tuo fuoco da drago?" Domandò Kylie. "Ho visto come riesci a sciogliere le cose. Potresti sempre abbatterli, giusto?"

"Solo se mi trovo sul posto. Ma se ci attaccano ovunque…" Misi giù la forchetta. Un brivido mi aveva scosso così intensamente da non poter mandare giù un altro boccone.

Forse sarei riuscita a proteggere una tenuta, ma le altre… Non potevamo evacuare tutti. Cosa avremmo detto agli altri mutaforma? Di scappare e nascondersi ovunque potessero?

"Ci inventeremo qualcosa," intervenne Felix, guardando Kylie invece che me. Non poteva nascondere la preoccupazione che brillava nei suoi occhi – non solo per i suoi simili, ma anche per lei. "Non abbiamo mai lasciato che i succhiasangue avessero la meglio su di noi."

Kylie gli rivolse un sorriso tenero, allungando una mano per stringere la sua dall'altro lato del tavolo. Li guardai, e un debole tepore si diffuse dentro di me, attenuando il gelo. Era fantastico il modo in cui quei due, che avevano passato il loro primo incontro a fulminarsi con lo sguardo, adesso trovavano conforto nella reciproca presenza.

È così che a volte vanno le cose, no? Bastava guardare il modo in cui io e West ci stavamo coccolando qualche minuto prima. Nemmeno io e lui eravamo partiti con il piede giusto. E ora il pensiero che potessero portarmelo via era fisicamente doloroso. Tutta la sua scontrosità e il suo scetticismo si erano ammorbiditi quando aveva capito chi ero e chi potevo essere.

Quanta angoscia e quanto dolore potremmo evitare, se solo ci impegnassimo a conoscere davvero qualcuno.

Quel pensiero si fece strada nella mia mente con una potenza inaspettata. Salvare le nostre famiglie non dipendeva solo da me e dagli alfa. Non avevo fatto tutto il possibile per assicurarci la nostra altra opzione. Non potevamo capire come ci vedessero le fate – e loro non potevano capire perché le temessimo, o perché fossi disposta a provare a fidarmi di nuovo di loro. Ma forse, se le avessi convinte a conoscerci davvero, se avessi potuto mostrarglielo…

Spinsi la sedia all'indietro. Tutti alzarono lo sguardo su di me. "Ren?" Disse Nate.

Agitai le mani per aria. "Mi è appena venuta in mente una cosa che devo fare. Non uscirò dalla tenuta. Torno presto, credo."

Corsi dalla sala da pranzo all'altra estremità della casa, fino alla porta della stanza delle registrazioni. La luce brillava mentre scendevo i gradini. Le due principali tavolette di cristallo che avevo ascoltato giacevano sul tavolo, dove le avevo lasciate: quella che descriveva dettagliatamente come i draghi e le fate avevano lavorato insieme, e quella che spiegava come ci eravamo allontanati, dal nostro punto di vista.

Un punto di vista che pendeva in nostro favore, lo sapevo. Mirabel sembrava così sicura che le fate fossero nel torto. Ma era andata all'incontro con la regina aspettandosi una giustificazione per i suoi sospetti. Forse addirittura sperandoci. Se avessi potuto dimostrare alle fate di adesso che capivo il nostro passato…

Non potevo farle scendere lì. Questo lo sapevo. Se la

stanza non ammetteva nemmeno i miei alfa, i non mutaforma dovevano essere fuori questione. Ma forse… forse potevo portare quella prova da loro.

Potevo dare, invece di chiedere.

Mi tremavano le braccia mentre risalivo i gradini con le tavolette strette al petto. Per un secondo pensai che la stanza non mi avrebbe permesso di portarle via, bloccandomi. Invece uscii nell'aria più rarefatta del corridoio senza alcun impedimento.

Per quanto ne sapevo, le fate non avrebbero comunque potuto usarle in alcun modo. Erano documenti storici preziosi. Se fosse stato un errore portarle via dalla stanza, se le avessi perse in qualche modo…

Guardai in fondo al corridoio. Con l'occhio della mente, vidi me stessa scorrazzare per la casa da bambina. Senza mai pensare che qualcuno volesse far del male a me o alla mia famiglia. Senza mai preoccuparmi di chi avrei incontrato lungo il cammino.

Era esattamente quello che volevo per i miei figli. Meritavano di crescere senza il tormento di quella paura. Se questo era quello che dovevo fare per porre fine alle minacce che stavamo affrontando una volta per tutte, allora avrei corso il rischio. Per loro, e per tutti i mutaforma bambini che non erano ancora nati.

Portai le tavolette lungo il corridoio fino alla sala da pranzo. Quando raggiunsi la porta, mi schiarii la gola. I miei compagni, Kylie e i mutaforma lì riuniti interruppero le loro conversazioni tese per guardarmi.

"Parlare con il leader locale delle fate non è stato abbastanza," esordii. "Devo parlare con la regina. Adesso, prima che i vampiri abbiano un'altra possibilità di attaccare. Il jet è ancora qui. Possiamo andare alla tua tenuta, Aaron?"

L'alfa dei volatili si alzò in piedi. "Sì," rispose. "Sei sicura? Possiamo chiudere la casa il meglio possibile, ma i vampiri che hanno perlustrato la zona ieri notte probabilmente torneranno."

Mi si strinse lo stomaco, ma annuii lo stesso. "Se danneggiano la proprietà, dovremo solo ricostruirla quando tutto sarà finito. Se tornano con i rinforzi, forse è anche meglio non farci trovare qui. Non abbiamo abbastanza uomini per difendere questo posto."

Lo sguardo di Aaron cadde sulle tavolette tra le mie braccia, ma non chiese nulla. West si alzò accanto a lui, facendo segno ai suoi simili.

"Avete sentito il mutaforma drago. Muoviamoci!"

Il sole era ancora alto sugli alberi quando la tenuta dei volatili apparve all'orizzonte dal jet. Osservai la proprietà espandersi sotto di noi, con il viso quasi premuto sul vetro.

L'ultima volta che avevamo visto la regina delle fate, ci avevamo messo poco più di un'ora a raggiungere il luogo d'incontro prestabilito, su un terreno neutrale tra il suo territorio e il loro. Aaron aveva telefonato uno dei suoi uomini per farla contattare immediatamente, mentre preparavamo i bagagli nella tenuta dei draghi, ma non sapevo neanche se avrebbe accettato di vedermi.

In quell'ultimo incontro, avevo riversato su di lei le fiamme della verità che la sua gente aveva contribuito a creare, e l'avevo costretta ad ammettere più di quanto non volesse. Erano tutte cose che avevamo il diritto di sapere, ma immaginavo che non fosse più particolarmente bendisposta nei nostri confronti.

"Abbiamo tempo," mi rassicurò Aaron dal sedile dietro di me. "Mancano ancora ore al tramonto."

"Non so quanto tempo dovremo aspettarla," dissi.

Non appena pronunciai quelle parole, capii che avevo detto qualcosa di sbagliato. *Dovremo.* Non mi sembrava giusto.

Una grave certezza mi piombò addosso. Abbassai lo sguardo sulle tavolette – memorie di cristallo destinate solo a me. Con raffigurazioni di fate e draghi. Durante i tempi dell'alleanza, era stato sempre con i draghi che le fate avevano avuto a che fare. Avevano visto mia madre come la loro più grande minaccia... Ma un tempo avevano anche visto le donne come lei come le loro più grandi alleate.

L'aereo atterrò con uno scossone e il tonfo delle ruote. Ero già in piedi quando si fermò. "Dovrebbe già esserci una macchina ad aspettarci. Ci porterà quasi fin lì," disse Aaron mentre ci affrettavamo tutti a scendere i gradini. "Possiamo–"

"Aspetta." Alzai la mano per fermare lui e gli altri alfa. Kylie mi lanciò uno sguardo curioso, ma le feci segno di avviarsi con il resto dei mutaforma. I miei compagni si radunarono intorno a me.

"Che succede, principessa?" Domandò Marco.

Feci un respiro profondo. "Credo di dover andare da sola. Dobbiamo essere solo io e la regina. E se lei porta i rinforzi, va bene così. Deve capire che mi fido di lei. Deve sapere quanto desidero che funzioni."

West s'irrigidì, esattamente come mi aspettavo. "No, Scintilla, è troppo pericoloso. L'ultima volta ha provato a *ucciderti.*"

"Non lei," gli ricordai. "Qualche altra fata, che ha agito a sua insaputa. Non scoraggiare una cosa del genere è diverso dall'ordinarlo. E ha giurato che non avrebbe permesso che succedesse di nuovo."

"Mi fido del tuo giudizio, Ren," intervenne Nate. "Ma neanche a me piace quest'idea. Potremmo accompagnarti fino al luogo d'incontro e rimanere in disparte mentre parlate, più avanti lungo il sentiero."

Scossi la testa. "Sembrerà un gesto inutile, così. Aaron, ho bisogno che uno dei tuoi uomini mi accompagni lì vicino, poi farò il resto del tragitto da sola. Volerò in forma di drago, così non sarà facile tendermi trappole. È l'unico modo in cui questo tentativo potrà funzionare."

Anche Marco era accigliato. Il volto di West si era completamente rabbuiato. Mi dispiaceva vedere la preoccupazione che li attanagliava. La sentivo, come un fastidioso filo che attraversava il nostro legame. Ma la mia certezza si riverberava più forte.

"Ho fatto molta strada da quel primo incontro," aggiunsi. "Posso farcela. Lo *sapete* tutti."

West lasciò andare un brusco sospiro. "È vero; e sì, lo sappiamo. Però…" Mi guardò intensamente negli occhi, con tanta preoccupazione e affetto da farmi male al cuore. "Stai attenta alle fate, e torna il più presto possibile."

Se addirittura West era d'accordo, non c'era nulla che gli altri alfa potessero dire. La mia mano si strinse intorno alle cinghie della borsa che conteneva le tavolette. "Lo farò. Promesso. Ora, dov'è la macchina?"

18

Aaron

Appoggiai le mani sulla ringhiera del balcone riscaldata dal sole e guardai giù in cortile. Era gremito di mutaforma volatili come quando Serenity era arrivata al mio fianco, solo un paio di settimane prima. Ma ora l'atmosfera nella tenuta era di tensione, non di festa.

Tutti sapevano che i vampiri sarebbero tornati per un'altra battaglia, quella notte. Avevamo accatastato altra legna da ardere sopra le ceneri della barriera ad anello del giorno prima. Le mie guardie si aggiravano con circospezione lungo le mura e volavano in tondo sopra le nostre teste, monitorando la situazione anche ben prima del tramonto.

Non avevamo ancora detto a nessuno dei camion blindati. Non volevo scatenare il panico prima di sapere come sarebbe andato l'ultimo piano disperato di Serenity.

Sentii un rumore di passi alle mie spalle. Mia sorella si avvicinò alla ringhiera, appoggiandovi i gomiti e osservando la folla.

"Abbiamo tenuto duro le ultime due notti. Non hanno ancora vinto."

"No," risposi. "Ma c'è mancato poco. Se riescono a ottenere anche solo un altro vantaggio…"

Alice serrò le labbra. "Chiunque ne sia in grado è pronto a difendere le mura. Le sentinelle lungo le strade ci avvertiranno non appena i succhiasangue si faranno vivi. Abbiamo taniche extra di benzina, e tutti hanno un accendino…" Si fermò. "Ma sì. Non so per quanto altro tempo potremo continuare così. Soprattutto se i vampiri alzano la posta in gioco."

"Beh, possiamo solo sperare che per allora saremo riusciti ad alzare la posta anche noi."

"Già." Lanciò un'occhiata verso la direzione in cui era andata Serenity. "Pensi davvero che le fate potrebbero accettare di aiutarci?"

Una domanda che mi ero posto tante volte, quel giorno. "Penso che Serenity farà tutto il possibile per convincerle. Forse per lei sarà più facile trovare il modo di riparare la crepa che si è creata tra noi… Ha informazioni che nessuno di noi ha mai avuto, eccetto i draghi prima di lei, e sta studiando il problema da un punto di vista nuovo, senza decenni di pregiudizi accumulati."

"Una cosa sono i pregiudizi e una cosa è il sano buon senso," commentò Alice. "Immagino che la domanda più importante sia: pensi davvero che possiamo *fidarci* delle fate, se si offrono di darci una mano?"

Anche quella era una domanda sulla quale mi stavo

arrovellando. Mi strofinai la bocca con una mano. "Non lo so. Serenity ha dimostrato di saper giudicare bene il carattere delle persone, finora."

"Ma sta ancora imparando."

"Già. È vero."

Non avevo bisogno di dire altro. Sapevo che mia sorella era in grado di decifrare il groviglio delle mie emozioni. Proprio in quel momento Serenity stava andando a incontrare la regina delle fate, la più forte tra quegli esseri sfuggenti ma potenti, da sola. Il nostro mutaforma drago era così forte, e lo diventava sempre di più ogni giorno che passava, ma se la monarca avesse trovato il modo di infrangere il trattato che aveva giurato di rispettare... non sapevo se avrei mai più rivisto la mia compagna.

"Dovremmo tenerci pronti per *loro*?" Chiese Alice cautamente. "Le fate, intendo."

"In che modo?"

"Vieni con me."

La seguii attraverso la casa fino al garage poco illuminato sul retro. Era appena arrivato un camion con diverse taniche di benzina, che sprigionavano un intenso odore chimico. Alice fece un cenno con la testa, indicandolo e incrociando le braccia sul petto.

"Ne abbiamo più che a sufficienza," disse. "Potremmo mandarle con alcuni dei nostri uomini, se pensassimo che potrebbero servire di più... altrove."

Scrutai la sua espressione. "Che intendi con altrove?"

"La sopravvivenza delle fate dipende dalla loro terra natale, giusto? Dalle loro piante prescelte o cose del genere. Potremmo far preparare una squadra nei dintorni del territorio della regina, nel caso in cui la situazione sembrasse sul punto di degenerare. Saremo pronti a dar fuoco all'intera foresta se è quello che serve per fare un po' di pressione."

Avevo già capito dove voleva arrivare. Mi si strinse il petto. Ci stavamo davvero riducendo a tanto? Prepararci a distruggere il popolo al quale speravamo di allearci, prima ancora di provare a collaborare?

Sarebbe stato stupido da parte mia dire di no e lasciare la mia gente ancora più vulnerabile?

"Quando sei diventata così pessimista?" Domandai, rimandando la necessità di rispondere alla vera domanda.

Alice sfoggiò un sorriso forzato. "Quando ho capito che non c'è modo di respingere un dannato esercito di vampiri e un contingente di fate allo stesso tempo."

Chiaramente. Guardai il camion, concentrandomi sul ritmo del mio respiro, cercando di trovare un piano solido in mezzo a tutta quell'incertezza. Ero io quello che aveva sempre sostenuto che dovevamo ascoltare la ragione piuttosto che i nostri istinti animali, no? E quel desiderio di difenderci da una minaccia che non si era ancora presentata… era pura paura animale. La sentivo, come un brivido pungente lungo la spina dorsale.

Era quella la mia risposta, allora.

"No." Il mio cuore accelerò nel pronunciare quella parola. "Non possiamo cominciare un'alleanza già sul punto di radere al suolo le loro case."

"Aaron," incalzò mia sorella, ma la interruppi scuotendo la testa.

"Serenity ha guardato sua madre morire per mano delle fate," aggiunsi. "E nonostante questo, è ancora disposta a dar loro una possibilità. Se lei può essere così generosa, possiamo farlo anche noi."

Ren

La radura dove avevo incontrato la regina delle fate sembrava molto più piccola vista dall'alto. I piccoli fiori rosa quasi si confondevano con il verde dell'erba.

Non c'era ancora traccia né della monarca né di nessun'altra fata. Non percepii alcun odore preoccupante, solo i profumi erbosi della natura selvaggia, con una leggera nota floreale.

Volai sopra gli alberi, facendo frusciare le foglie al mio passaggio, e atterrai al centro del campo. Con un tremito, il mio corpo di drago lasciò il posto alla mia forma umana, rimpicciolendosi. Lasciai cadere a terra la borsa di cuoio che avevo con me, mi infilai il vestito che avevo portato e lasciai le tavolette di cristallo al suo interno. Se avessi dovuto ritrasformarmi per andarmene di corsa, volevo essere in grado di afferrare velocemente le mie cose con gli artigli.

Passarono solo uno o due minuti prima che la fata altissima ed esile, con la sua corona di vite, uscisse a grandi passi dal bosco all'altra estremità della radura. Questa volta non c'era nessuna delegazione ad accompagnarla.

Inspirai a fondo, saggiando la brezza. L'aria si era impregnata di un odore stucchevole, più di quanto potessi attribuire a lei soltanto. Sospettai che avesse portato un gruppo con sé, ma che l'avesse lasciato indietro nella foresta quando aveva visto che ero sola.

Beh, mi sembrava giusto. Non potevo biasimarla per la sua cautela. Il fatto che fosse venuta a incontrarmi senza guardie al suo fianco, quando potevo trasformarmi in un drago nel giro di secondi, era già di per sé un atto di fiducia.

Si fermò a pochi passi da me, con le spalle squadrate e la testa alta. Avevo quasi dimenticato quegli occhi, grandi e scuri come diamanti neri sulla sua pelle pallida. Le onde bionde e argentate dei suoi capelli sembravano parte del vestito sottile ed elegante che la copriva.

Io probabilmente avevo un aspetto meno raffinato del solito, con i capelli arruffati dal vento e l'abito che avevo scelto più per cambiarmi facilmente che per la bellezza. Ma stavolta non ero lì per cercare di impressionarla. Volevo solo che mi ascoltasse.

"Grazie per essere venuta," esordii. "So che non eri obbligata a farlo."

La monarca accolse le mie parole battendo lentamente le palpebre. "Suppongo che non avresti avanzato una richiesta così urgente senza una buona ragione. Solo uno sciocco si fa scappare informazioni di cui potrebbe avere bisogno."

Okay, non aveva un atteggiamento più caloroso dell'ultima volta, ma non mi aspettavo nulla di diverso.

"Sai che siamo sotto attacco dei vampiri," iniziai. "Hanno dichiarato di voler sterminare tutti i mutaforma. Stanno massacrando la mia specie nei modi più crudeli. Persone innocenti che non gli hanno fatto nulla."

Lei serrò la mascella. "Ne ho sentito parlare."

Non riuscii a decifrare la sua espressione. "Non sei dalla loro parte, giusto? So che abbiamo avuto i nostri conflitti, che sei stata capace di voltarti dall'altra parte quando la tua gente ha agito contro di noi, ma non approvi un massacro del genere, vero?"

A quel punto, la smorfia sul suo viso e il bagliore dei suoi occhi furono inconfondibili. Era orrore. "Assolutamente no," rispose risoluta. "Noi proteggeremo la nostra gente come dobbiamo, ma uccidere senza alcun motivo è del tutto abominevole. I *vampiri* sono abominevoli. Siamo disposti a mantenere la pace con loro solo se ci garantiscono lo stesso."

Era un passo nella direzione giusta. "E credi davvero che vi lasceranno in pace se lasciate che ci sterminino senza dire una parola? Quando avranno eliminato i mutaforma, cosa gli impedirà di venire a prendersela con voi?"

"È una questione sulla quale ho riflettuto a lungo."

Ma aveva tratto qualche conclusione? Chiaramente non voleva rendermi affatto facile quella conversazione.

Mi chinai per raccogliere la mia borsa. "Io credo che entrambi i nostri popoli starebbero meglio se mettessimo da parte il rancore, almeno per il tempo necessario a respingere questa minaccia. Ma non sono venuta solo per chiedere il tuo aiuto. Volevo prima offrirti qualcosa. Voglio che tu abbia la possibilità di vedere attraverso i nostri occhi come sono andate le cose tra mutaforma e fate."

Tirai fuori i cristalli. La regina sgranò gli occhi.

"I draghi prima di me hanno registrato pezzi della nostra storia in queste tavole," spiegai. "Alcuni riguardano le fate. In questo modo ognuno di noi può imparare da ciò che è accaduto in passato. È quello che ho provato a fare. E non mi piace essere praticamente nemiche quando so che potrebbe essere diverso. Nessuno ha mai visto queste registrazioni, eccetto i draghi regnanti. Ma credo che tu meriti di sapere."

Le passai la più recente. Lei scosse la testa guardando le incisioni. "Cosa c'è in questa?"

"Il racconto di un mutaforma drago del primo grande conflitto tra i nostri popoli," risposi. "Sai attivarla?"

"Credo…" Sfiorò l'immagine con le lunghe dita e annuì, poi chiuse gli occhi. Un bagliore si sprigionò dal cristallo, facendo risplendere il luccichio della sua pelle.

Anch'io mi ero illuminata in quel modo quando avevo ascoltato quelle registrazioni, o era solo la sua magia?

Doveva essere in grado di assorbire il racconto più velocemente di me. Dopo solo un paio di minuti, i suoi occhi si spalancarono. Un rossore violaceo le aveva colorato le guance. Mi rimise la tavoletta tra le mani.

"Non è affatto così che sono andate le cose. Il tuo drago si rifiutò persino di portare con sé i mutaforma responsabili cosicché la nostra regina potesse parlargli direttamente. Non volle accettare alcun compromesso. E questa storia di rubare il vostro fuoco… Non abbiamo mai voluto *rubarvi* nulla."

"Ehi," dissi sollevando le mani. "Non ho mai creduto che l'intero racconto fosse del tutto esatto. Volevo solo che tu sapessi quello che hanno dovuto passare i draghi prima di me. Come sono sembrate a loro le cose in quel momento. È più facile dare la colpa all'altro, non è così?"

Gli occhi della regina brillavano ancora di rabbia. "Non sono venuta qui per sentirmi dire–"

"Aspetta. Aspetta. Non è l'unica cosa che volevo mostrarti." Cercai la seconda tavoletta e gliela porsi. "Questa è quella che mi ha portata qui. Questa è quella che mi ha fatto pensare che potremmo fare molto meglio."

Lei si accigliò, ma accettò il cristallo. Quando lo sfiorò con le dita, il bagliore le illuminò nuovamente le braccia. Aspettai, con lo stomaco sottosopra per l'ansia, mentre il pezzo di storia in cui riponevo più speranza si riversava in lei.

Stavolta, quando le visioni terminarono, abbassò la tavoletta con più delicatezza, tenendola ancora stretta. Un'ombra di dolore le calò sul viso. "È difficile da immaginare," disse.

"Lo so. Ma è così che andavano le cose tra noi, prima. Il potere che custodisco dentro di me è stato creato dal tuo popolo e il mio, insieme, per il nostro bene reciproco. Perché un tempo le fate pensavano che i benefici dei draghi fossero anche i loro. Che ci saremmo sostenuti a vicenda."

"Ma sono successe molte cose da allora."

Deglutii a fatica. "Sì. Ho sentito alcune delle rimostranze di uno dei tuoi leader locali, e riguardavano tempi recenti. I miei simili hanno ferito i tuoi. Detesto che sia successo, ma non ho intenzione di negarlo. Gli incidenti *continueranno* a capitare, ma devono esserci dei modi per assicurarci che accadano di meno. E per garantire di assumerci le nostre responsabilità quando è necessario."

La regina mi guardò per un lungo momento. Sembrava un po' sorpresa dalla mia ammissione. "Anche noi vi abbiamo fatto del male," riconobbe sottovoce. "Abbiamo lasciato che il risentimento crescesse. Io ho lasciato che alcune crudeltà rimanessero impunite. Avremmo dovuto essere migliori di così." Sospirò. "Ma non è facile tornare indietro nel tempo. I danni sono già stati fatti. La fiducia è stata infranta."

"Lo so," risposi. "E sono disposta a parlarne per chiarire ogni cosa. Non mi aspetto che torniamo subito a fidarci gli uni degli altri. Voglio solo che ci ascoltiamo di più, per cominciare. E spero che ci aiuterete a difenderci dai vampiri, così saremo ancora vivi per farlo."

"Vuoi che ci buttiamo nel fuoco incrociato per voi?"

"No!" Risposi velocemente. "Io, ehm, in realtà stavo pensando che forse potreste aiutarci senza neanche esporvi così tanto. Quello che hanno detto i precedenti draghi, riguardo al rubare il nostro fuoco... Sul modo in cui abbiamo lavorato insieme in passato, unendo le nostre forze... C'è un modo in cui potete usare il *mio* fuoco?"

Lei esitò. Poi inclinò il capo. "Sì. Possiamo collegare la nostra magia al tuo spirito. Incanalare quel potere attraverso il nostro. È così che sono state create le fiamme della verità, con il potere di quel mutaforma drago."

Quelle parole furono musica per le mie orecchie. "Quanto a lungo potete mantenere quel potere? E da quanto lontano?"

"Per tutto il tempo in cui lo sostieni tu," rispose la monarca. "E per un po' di tempo in più, in base a quanto ne abbiamo raccolto. Una di noi dovrebbe essere con te, per accettarlo. Ma poi trasmetterebbe le fiamme al resto di noi, in qualunque luogo ci troviamo."

Il mio cuore saltò un battito. "Quindi io potrei essere in un posto e un gruppo di voi potrebbe essere altrove, e riusciremmo a far piovere fiamme su tutti quei vampiri allo stesso tempo?"

Lei socchiuse gli occhi. "Sì. *Se* accettiamo di aiutarvi. Se riterrò che vale la pena rischiare."

Era esattamente ciò di cui avevamo bisogno. Come potevo convincerla che pensavo davvero tutto quello che avevo detto?

Nell'istante in cui quella domanda mi attraversò la mente, un ricordo riaffiorò: le mie fiamme viola che si riversavano sulla fata che avevo di fronte, forzandola a dire la verità. Il mio cuore si fermò di nuovo, stavolta agitandomi molto di più, ma mi costrinsi a parlare.

"Se puoi prendere in prestito il mio fuoco normale, allora puoi anche usare le mie fiamme della verità, non è così?"

Mi osservò attentamente. "Sì."

"Allora usale su di me, come io ho fatto l'ultima volta con te." L'angolo della mia bocca si curvò in un leggero sorriso. "È giusto così, no?"

Per la seconda volta durante il nostro incontro, mi fissò come se non potesse credere alle sue orecchie. Poi si ricompose. "Dovrai tornare in forma umana per poter rispondere alle mie domande."

"Certo. Sei pronta?"

Fece qualche passo indietro. Io mi sfilai il vestito con il cuore in gola. Le stavo dando l'opportunità di chiedermi qualsiasi cosa, e avrei dovuto rispondere onestamente. Chi sapeva quali delle mie debolezze avrebbe potuto sfruttare? Non ero preparata.

Ma stavo chiedendo tanto alla sua gente. Dovevo dare

qualcosa in cambio. E quello era il meglio che potessi offrire.

Ero il drago della comunità dei mutaforma, e non avrei avuto paura.

Mi trasformai il più velocemente possibile, ma senza difficoltà. Come sempre, le fiamme gemelle dei miei fuochi solleticarono la mia gola da drago. Raccolsi quelle violacee e le lasciai uscire.

Non le scagliai sulla regina come avevo fatto l'ultima volta, quando aveva provato ad allontanarsi da me. No, le lasciai scivolare fuori dolcemente. Lei aveva già sollevato le mani come per prenderle. E fu proprio quello che fece. Quando la nebbia viola la raggiunse, sembrò raccoglierla in una sfera tra i suoi palmi.

Dopo un momento, annuì. Io chiusi gli occhi e mi ritrasformai, preparandomi alle sue domande.

Il bagliore della monarca si fece più intenso. Allungò le braccia verso di me, e le fiamme viola si riversarono dalle sue mani.

Mi ricoprirono dalla testa ai piedi con una pressione insostenibile e pungente. Okay, non si trattava di essere bruciati vivi, ma non era neanche lontanamente piacevole. Avrei dovuto tenerlo a mente quando avrei deciso su chi usarle in futuro.

Non riuscivo a muovermi, non riuscivo a convincere il mio corpo a fare nulla se non a rimanere lì, inchiodata. E a rispondere a qualunque cosa mi avrebbe chiesto.

"Perché sei venuta da me, oggi?" Domandò.

La mia bocca si aprì automaticamente. Le parole uscirono senza alcun controllo. Andava bene così. Non mi opposi.

"Perché ho paura che i vampiri distruggeranno il mio popolo, e penso che collaborare con le fate sia la nostra migliore possibilità di sopravvivenza. E perché vorrei stringere una nuova alleanza, basata su fiducia e amicizia, se è possibile."

"Cosa farai se ci uniremo a voi nella lotta contro i vampiri?"

"Vi offrirò il mio potere, affinché lo usiate nei luoghi dove non potrò essere di persona. E qualunque altro supporto di cui abbiate bisogno per aiutarci."

"E quando la guerra sarà finita, se avremo sconfitto i vampiri?"

"Voglio parlare di come possiamo voltare pagina. Come rimediare ai mali che ci siamo fatti in passato. Come adattarci *insieme* ai modi in cui il nostro mondo è cambiato, invece di continuare a scontrarci così duramente."

Fece una pausa. "Vuoi vendetta per la morte di tua madre?"

I miei occhi si infiammarono al pensiero della mamma, ma la risposta venne fuori immediatamente. "No."

"Perché no?"

"Perché hai già punito le fate che l'hanno assassinata. Perché capisco il motivo per cui vi siete sentite minacciate da noi, al punto da non averle punite prima. E perché so che la mia gente si è voltata dall'altra parte quando i tuoi sono rimasti uccisi per le nostre negligenze. Preferirei trovare un modo per superare tutto questo. Credo che sia quello che avrebbe voluto anche mia madre."

Non mi ero nemmeno resa conto di quell'ultima parte,

ma era vero. Forse non avevo vissuto a lungo accanto alla mamma quando era il mutaforma drago, ma mi aveva sempre insegnato a osservare tutte le facce di un problema, a ricordarmi che il mio punto di vista non era l'unico. A cercare di trarre qualcosa di buono da qualsiasi situazione.

La regina si lasciò cadere le mani sui fianchi. Le fiamme si dissolsero nell'aria. Inciampai in avanti prima di ritrovare l'equilibrio. Il sudore mi bagnava la fronte.

"Sei soddisfatta?" Domandai.

La sua espressione era tornata illeggibile. "Ho chiesto tutto quello che volevo."

"Potresti fare lo stesso con le mie fiamme incandescenti, scatenandole sui vampiri."

"Sì, come ho detto prima." Strofinò le mani l'una contro l'altra. "Ma non ho ancora detto che vi aiuteremo. Ora va'. Ho bisogno di tempo per riflettere."

Il mio cuore sprofondò. "Se hai intenzione di aiutarci, dovrai farlo presto. Ci attaccheranno di nuovo stanotte."

Mi fissò con uno sguardo severo. "Ho bisogno di tempo," ripeté. Poi si voltò e si allontanò a grandi passi.

19

Ren

Capii che quei due tizi nel corridoio della tenuta dei volatili stavano discutendo ancora prima di sentirli parlare. Entrambi gli uomini di mezza età erano in piedi con il petto gonfio e i volti incupiti.

Maledizione. Con la minaccia dei vampiri che incombeva, l'ultima cosa di cui avevamo bisogno era litigare tra noi. Mi affrettai a raggiungerli.

"Te l'ho detto, non c'è abbastanza spazio," insistette l'uomo sulla porta della camera degli ospiti.

"Siete solo in quattro qui dentro," rispose l'altro con un ringhio. "Il vostro alfa ha detto che ogni stanza può ospitare dieci persone."

"Perché non te ne trovi una con i tuoi simili?"

"*Non ci sono* altri tassi qui. Siamo solo io e mia moglie."

I due mutaforma si allontanarono di scatto l'uno dall'altro quando mi videro avvicinarmi. Il tizio che già occupava la stanza – un falco, a giudicare dall'odore – sembrava pronto a ingoiarsi la lingua. Peccato che non potessi farglielo fare davvero.

"Qual è il problema qui?" Domandai piantandomi le mani sui fianchi. "Le istruzioni sulle camere sono abbastanza chiare."

Il mutaforma falco abbassò la testa. "Le mie scuse, mutaforma drago. Pensavo solo che… Ci sono ancora stanze con posti liberi… Forse questo tale starebbe meglio con mutaforma più simili a lui."

Il tasso grugnì. "Questa è la prima camera con qualche posto libero che ho trovato finora, e sono stanco di chiedere. Voglio solo un posto dove io e mia moglie possiamo riposare. Abbiamo viaggiato tutto il giorno per arrivare qui. E abbiamo intenzione di aiutarvi a difendere la *vostra* tenuta per tutta la notte, se necessario."

"Okay," esordii. "Siamo tutti tesi perché siamo preoccupati per stanotte. Lo capisco. Ma cerchiamo di non prendercela l'uno con l'altro, va bene?" Il mio sguardo si posò sul falco. "Se non pensate di poter condividere questa stanza con qualcuno che non sia un volatile senza mettervi a litigare, voi quattro potete venire con me, vi troverò un posto in altre stanze. Sembra che questo gentiluomo sia stato in piedi abbastanza."

Il mutaforma falco guardò me e poi il tasso, ponderando le sue opzioni. La sua espressione si fece mortificata. "Saremo felici del vostro aiuto nella lotta contro i vampiri," disse all'uomo. "Forza, vieni a riposarti."

Non sembrava esattamente felice, ma la sua offerta era

abbastanza genuina da farmi fare un passo indietro. Il tasso sorrise e fece cenno di avvicinarsi a una donna che era appena entrata nel corridoio.

Altri simili si stavano già radunando davanti alle porte delle camere degli ospiti in tutta la casa. La tenuta era piena di gente, e i rifugiati delle varie comunità non smettevano di arrivare. Tutti avevano sentito parlare dei villaggi che erano stati decimati la notte prima. Nessuno voleva rischiare di essere il prossimo ad affrontare quel massacro.

Non avevamo ancora ricevuto notizie dalle fate.

Beh, se non fossero arrivate, avremmo semplicemente dovuto fare del nostro meglio per gestire la situazione da soli. E questo significava affrontare una conversazione di cui avevo paura.

Proseguii verso le sale comuni. Aaron stava parlando con un paio dei suoi consiglieri e alcuni dei nuovi arrivati. Attirai la sua attenzione e feci cenno con la testa verso l'ala privata della casa. Lui annuì.

Mentre finiva il suo discorso, feci capolino in cortile. Nate stava mostrando a un gruppo di giovani mutaforma il modo migliore per abbattere rapidamente un vampiro a distanza ravvicinata. Loro imitavano il suo movimento con le mani. Marco stava facendo quella che sembrava una bella ramanzina a un paio di linci che, probabilmente, si erano scontrate con i volatili.

E West... Lo raggiunsi attraverso il nostro legame e percepii la sua presenza accanto al muro laterale della tenuta. Al mio leggero strattone, sentii un solletico di assenso. Stava arrivando.

Marco aveva finito la sua strigliata e si stava già avvicinando. Feci un cenno anche a Nate. "Devo parlarvi."

L'orso diede una leggera gomitata sulla spalla a uno dei suoi giovani allievi. "Continuate a esercitarvi," disse loro, poi mi venne incontro.

"Che succede?" Chiese Kylie, alzandosi da dove lei, Felix e altri mutaforma stavano preparando una pila di torce con rami secchi e benzina.

"Credo che dovremo fare una piccola modifica ai nostri piani," dissi. "Vieni anche tu." Gliene avrei comunque parlato più tardi.

Scivolammo ai lati delle affollate aree pubbliche per raggiungere il corridoio dove si trovavano le stanze private degli alfa. Aaron ci stava già aspettando nel piccolo salone. West arrivò un momento dopo.

"Cosa c'è?" Chiese cercando subito i miei occhi.

"Niente di preciso," risposi. "Ma c'è qualcosa che devo dirvi prima che sia troppo tardi. Credo che, a prescindere da se avremo notizie dalle fate – ma soprattutto se non ne avremo – sarebbe meglio se andaste tutti nelle vostre tenute."

Quelle ultime parole lasciarono la mia gola con dolore. Tutto il corpo mi faceva male al solo pensiero, vedendo il modo in cui i miei compagni mi fissarono in risposta.

"Vuoi che ti *lasciamo*?" Domandò Nate, incredulo come se gli avessi suggerito di volare alla sua tenuta con le braccia invece che con un jet.

"Beh, me ne andrei anch'io," precisai, sforzandomi di mantenere una voce decisa. "Penso che dovrei stare alla tenuta dei canidi. È stata già colpita duramente, e i vampiri di New York e Chicago si concentreranno su quella. Quindi, se posso proteggere un solo posto, è quello in cui servo di più. E stanotte le vostre famiglie avranno bisogno di avervi con loro più di me. Voi potete motivarli e mantenere accesa la loro speranza."

Guardai Nate negli occhi, poi Marco. "La maggior parte dei vostri uomini non vi vedono da quando questa guerra è iniziata."

"Serenity," disse Aaron dolcemente. Mi resi conto che stavo tremando. Strinsi le mani, raddrizzando le spalle.

Non ero mai stata lontana dai miei compagni, non per più di un'ora o due di viaggio, da quando mi avevano trovata. Quando Aaron era andato in missione di ricognizione per meno di un giorno, era stato straziante.

Ma avrei avuto il mio fuoco, che loro fossero stati con me oppure no. Dicevo sul serio. Le famiglie avevano bisogno di loro più di me. Non potevo trattenerli solo per il mio benessere. Altrimenti i ribelli avrebbero avuto ragione nel dire che distraevo gli alfa dai loro doveri nei confronti delle comunità.

"Me la caverò," li rassicurai. "Devo comunque farci l'abitudine, no? Tutti voi avrete da fare nelle vostre tenute e negli altri insediamenti, quando tutto questo sarà finito. Non potete stare con me ventiquattr'ore su ventiquattro."

"No," concordò Aaron. "Ma date le circostanze – tutto il tempo che sei stata lontana dalla comunità – sarebbe stato preferibile rimanere con te fin quando non ti saresti ambientata un po' meglio."

Lasciai andare una risata amara. "Non ho molte possibilità di ambientarmi davvero finché non ci saremo occupati dei vampiri, non credi?"

"Beh, ovunque tu vada, verrò anch'io," annunciò Kylie. "In caso avessi dubbi al riguardo."

Le sorrisi. "Ci contavo."

"Sei sicura, Ren?" Domandò Marco. "Non credo che i miei simili mi ritengano molto utile."

"Già, ma sappiamo entrambi quanto fai per loro," risposi.

L'angolo della sua bocca si sollevò in un sorriso, ma sembrava comunque triste. "Non posso contraddirti, principessa."

Nate aprì e chiuse le mani come se non sapesse cosa farne. "Non mi piace," affermò. "Lasciarti con solo uno di noi a proteggerti – senza offesa per West. O per te, Ren. So che sai badare a te stessa. Ma se ti ferissero di nuovo…"

"In quel caso West sarà lì, e anche i suoi simili," risposi accarezzandogli il braccio. Mi si strinse la gola. "Neanch'io voglio stare lontana da te. Da nessuno di voi. Ma è mio compito assicurarmi che tutti i mutaforma abbiano quello di cui hanno bisogno, non è così? E non posso permettere che i miei desideri abbiano la meglio."

Lui sospirò, chinando la testa accanto alla mia. "Lo so."

"Va bene. Allora dovremmo andare, e velocemente, se vogliamo arrivare entro il tramonto."

Mi sollevai sulle punte per stampare un bacio rapido ma deciso sulle labbra di Nate. Marco si avvicinò subito dopo, infilandomi le dita tra i capelli mentre le nostre bocche si univano. Poi mi voltai verso Aaron, che mi baciò dolcemente prima di poggiare la fronte sulla mia.

"Saremo comunque con te," disse. "Una parte di noi lo sarà sempre."

Il mio nervosismo si placò appena. "E una parte di me sarà con voi."

Mi rifiutai di pensare che quella poteva essere l'ultima volta che vedevo ognuno di loro.

West era rimasto in silenzio per l'intera conversazione. Immaginai che non avesse molto da dire, visto che era quello con cui sarei rimasta. E sapevo che voleva tornare dalla sua famiglia. Ma quando lo affiancai, mentre ci dirigevamo tutti di corsa verso la pista di atterraggio, aveva un'aria quasi tormentata.

"Non sei riuscita ad averci tutti neanche per due giorni interi, Scintilla," commentò.

Riuscii a sfoderare un sorriso. "Oh, non saprei. Credo di averti avuto per molto più tempo."

Mi lanciò un'occhiata abbagliante, poi fece una smorfia. "E va bene. Te lo concedo."

"È meglio che tu vada a radunare il resto dei tuoi simili che sono venuti con noi," suggerii. "Credo che la mia migliore amica sarebbe particolarmente delusa se un certo mutaforma volpe rimanesse indietro."

West ridacchiò e si avviò verso il cortile. L'amica in questione mi prese sottobraccio. "Sempre pronta a preoccuparti per me."

Diedi una gomitata a Kylie sul fianco. "Quando me lo lasci fare."

I subalterni di West giunsero al campo, dove ci aspettavano il jet dei volatili e quello dei canidi con cui eravamo arrivati. Avevo fatto solo due passi verso quest'ultimo quando una sensazione inquietante mi pervase, facendomi rizzare i peli sulle braccia.

Un istante dopo, una figura pallida ed esile apparve davanti a me come se fosse uscita dalla luce del sole.

"Perdonate l'inattesa intrusione, mutaforma drago, alfa," disse l'uomo fata con voce piatta. "La mia sovrana ha voluto che vi raggiungessi il più rapidamente possibile. Ho solo una domanda da porvi prima di darvi la sua risposta: se vi aiutiamo ora, promettere di venire in nostro aiuto in un analogo momento di bisogno?"

Il mio cuore si fermò. "Ren," incalzò West accanto a me.

Certo, quella promessa era vaga… Ma come potevo dire di no, considerando quanto stavo chiedendo loro? Non ci pensai due volte prima di rispondere.

"Sì," esclamai. "Certo. Lo giuro."

L'uomo mi rivolse un leggero cenno del capo. "Allora vi aiuteremo nella lotta contro i vampiri."

Era stato così semplice? Mi ci volle un momento per riprendere fiato. "Grazie. Ringrazia anche la tua regina da parte mia. Cosa vi serve per farlo?"

"Dicci dove hai bisogno di noi e dove sarai tu," rispose con un lieve sorriso scintillante. "Al resto penseremo noi."

Il cielo passava dal rosa al viola mentre il sole sprofondava all'orizzonte. La calda brezza estiva si stava rinfrescando. Spostai il peso da un piede all'altro, cercando di placare la mia irrequietezza.

Accanto a me, West mi posò una mano sulla spalla. Guardavamo entrambi il cancello della sua tenuta, con almeno duecento dei suoi simili radunati intorno a noi e disseminati lungo il muro in pietra, come se i vampiri dovessero comparire da un momento all'altro.

In realtà, prima di vederli West avrebbe ricevuto una telefonata sul cellulare che aveva in tasca, da uno dei ricognitori lungo la strada. I vampiri non ci sarebbero stati addosso nell'istante in cui il sole sarebbe tramontato. Dovevano prima arrivare dal luogo in cui si erano rintanati. Ma sapevamo che in quel momento stavano radunando le forze – con i loro nuovi camion blindati.

Non c'erano solo i nostri simili con noi – oltre Kylie, naturalmente. Il mio sguardo cadde su una delle figure che brillavano dolcemente accanto a me nel cortile.

Una dozzina di fate era già lì ad aspettarci quando eravamo atterrati nella tenuta dei canidi. Tre di loro erano lì con me, in quel momento. Le altre nove si erano messe in posizione lungo il muro, così ne avremmo avuta una ovunque i vampiri avessero colpito. Gli altri alfa avevano riportato numeri simili nel resto delle tenute. Erano andate anche nelle città che, come avevo comunicato loro, erano più a rischio.

West s'irrigidì, probabilmente notando il mio sguardo. Avevo lo stomaco in subbuglio. E se avessi preso la decisione sbagliata? Magari le fate avevano deciso di rivoltarsi contro di noi, per assicurarsi che i succhiasangue ci sterminassero. Così i mutaforma non avrebbero più dato problemi.

Ero stata io a invitarle. In un certo senso, avevo offerto loro la nostra gola.

Ormai era troppo tardi per rimangiarmi quella decisione. Dovevo solo sperare che il mio istinto fosse giusto.

La mia inquietudine mi portò lontano da West, verso la fata più vicina. La donna era alta e magra come il resto della sua specie, ma avevo la sensazione che fosse più giovane, qualunque cosa significasse in termini di fate. Mi rivolse un piccolo sorriso quando mi avvicinai a lei.

"C'è qualcos'altro che devo fare?" Domandai. "O devo solo starti vicina e tu inizierai a sputare il mio fuoco?"

Lei annuì. "Da quello che ho capito e da ciò che ha detto la regina, è tutto ciò che serve. Mi sono già connessa alla tua energia con i miei poteri. Quando attiverai il fuoco, sarò in grado di incanalarlo per usarlo io stessa, e di trasmetterlo a tutte le altre fate là fuori."

"Anche a quelle sparse per il Paese?"

"Non sono così lontane," rispose, come se fosse un'abitudine per lei fare un salto da un oceano all'altro durante la passeggiata quotidiana. "Siamo tutte connesse, sai. Possiamo raggiungerci a vicenda senza alcuno sforzo. Altrimenti ci sentiremmo molto sole, dovendo restare sempre vicino casa."

Oh. Quindi avevano una sorta di telepatia? Era piuttosto sensato, se la metteva così. Non c'era da stupirsi che il leader locale vicino alla tenuta dei draghi sapesse tutto sulle infrazioni dei mutaforma negli territori delle altre fate.

La donna fece una pausa. "Noi fate viviamo a lungo," proseguì. "Più a lungo dei mutaforma. Una volta, un'anziana della mia terra mi ha raccontato di aver condiviso il fuoco con il mutaforma drago. Disse che era stata l'esperienza più esaltante della sua vita. Mi rattrista il motivo per cui avete bisogno del nostro aiuto, ma sono entusiasta di essere qui."

Sgranai gli occhi. "Sul serio?" Domandai. "Io, beh, avevo la sensazione che foste tutte piuttosto titubanti nell'avere a che fare con i mutaforma."

"Qualcuno, forse," sottolineò. "Non tutti hanno avuto qualcuno che potesse tramandare loro quei ricordi. Nel mentre, sono successe molte altre cose dolorose. Ma penso che per nessuno di noi sia giusto *temervi*."

Il mio stomaco cominciò a rilassarsi. Temerci? Era quello il punto a cui eravamo arrivati? Immagino di sì. Tutti noi, timorosi di come l'altro avrebbe potuto farci del male, ci aggredivamo a vicenda per cercare di difenderci da offese che nessuno aveva ancora commesso.

Avremmo dovuto essere migliori di così, aveva detto la regina. Valeva per tutti noi. E forse avremmo potuto esserlo, quella notte.

"Né per noi avere paura di voi," aggiunsi. Il suo sorriso si allargò un po', come se avesse capito esattamente cosa volevo dire.

West si era portato il telefono all'orecchio. Mentre parlavo con la fata, il sole era completamente scomparso. Il mutaforma lupo si voltò verso di me. "I camion sono in movimento. Presto saranno qui."

Inspirai ed espirai lentamente, preparandomi alla trasformazione. Dovevo farla durare più a lungo possibile se volevamo respingere i vampiri in tutto il Paese. Dovevano solo arrivare e cercare di far breccia nelle nostre mura, e li avremmo ridotti in cenere dentro a quei dannati camion che secondo loro erano stati così furbi a procurarsi.

L'agitazione serpeggiava tra gli altri mutaforma in

posizione nel cortile. Un gufo cantò in lontananza. Poi le mie orecchie colsero il distante suono dei motori.

Ben presto il ronzio si tramutò in un rombo. Lungo le mura, tutti si immobilizzarono, pronti all'azione. Il ringhio dei motori aumentò ancora, interrompendosi quando i camion si fermarono.

Espirai bruscamente nel silenzio improvviso. Un suono diverso mi giunse alle orecchie: una risatina sommessa e rimbombante che mise in allarme ogni mio singolo nervo.

"Oh, mutaforma drago," chiamò una voce canzonatoria al di là delle mura. "Non vuoi uscire a giocare?"

West mi guardò, accigliato. La mia pelle era madida di sudore. Ero assalita dalla nausea.

"È lui," dissi con voce rauca, abbastanza forte perché il mio compagno mi sentisse. "Il ribelle che ha condotto l'attacco alla mia tenuta. Quello che ha massacrato la mia famiglia."

20

Ren

"Ti ricordi di me?" Continuò la voce, rimbombando tra le mura di pietra della tenuta dei canidi, con un tono divertito che mi fece digrignare i denti. "Io mi ricordo di te. La ragazzina spaventata che sgambettava per i corridoi dietro alla madre. Peccato che quella notte non li abbiamo macchiati anche del tuo sangue."

Mi ricordavo. Oh, diavolo se ricordavo. Quando ridacchiò di nuovo, il suo tono mi riportò indietro di sedici anni, al panico di quella corsa nella tenuta, col sapore amaro dell'adrenalina in bocca e il cuore in gola. Ripensai al sangue che i ribelli *avevano* versato in tutta la casa. Quello dei miei padri. Quello delle mie sorelle.

Pensavo che avessimo preso il ribelle che aveva guidato l'assalto in una delle nostre precedenti battaglie. Non l'avevo mai visto chiaramente; non sapevo nemmeno che tipo di mutaforma fosse, quindi non c'era modo di riconoscerlo se non attraverso quella risatina. Ma non era da lui scendere in battaglia, vero? Lui lanciava gli altri nella mischia e poi rimaneva in disparte a guardare la strage.

A guardare e riderci su.

Dunque era sopravvissuto. Era sopravvissuto ed era andato a rintanarsi dai vampiri con i suoi ultimi complici? Li stava usando per vendicarsi o erano loro a usare lui?

Probabilmente entrambe.

"Allora, dove sei?" Chiamò di nuovo. "Hai ancora troppa paura per farti valere e affrontarmi?"

Serrai la mascella. West mi afferrò il braccio. Non lo avevo nemmeno sentito venire al mio fianco.

"Ignoralo," mi disse a bassa voce. "Sta cercando di innervosirti. Di distrarti. Ma lui non ha importanza. Quando avremo fatto fuori i vampiri, sconfiggeremo anche gli ultimi ribelli."

Bertrand attraversò di corsa il cortile, venendoci incontro. "Abbiamo avvistato quattro ribelli. I vampiri sono rimasti indietro, ma quei traditori sono usciti direttamente dalla foresta. Sembra che i succhiasangue gli abbiano dato in prestito le loro armi."

Se erano ai margini della foresta, allora erano nella mia linea di tiro.

Come innescati dal mio pensiero, degli spari risuonarono vicino al cancello. Le guardie lungo il muro si abbassarono di scatto. Una di loro strillò battendosi la mano sulla testa, dove un proiettile gli aveva sfiorato la tempia. Un paio di mutaforma corsero ad aiutarlo.

Digrignai i denti. Non potevamo semplicemente

ignorare i ribelli. Con quelle armi, erano una minaccia quasi al pari dei vampiri.

Mi liberai dalla presa di West e avanzai a grandi passi verso il muro. L'impulso di trasformarmi mi stava già travolgendo. Potevo almeno abbattere quel gruppetto, anche se i vampiri erano ancora al riparo nella foresta. Sarebbe stato un piccolo riscaldamento, per dimostrargli che ero tutt'altro che spaventata.

"Wow," riprese a parlare il ribelle, con voce grondante di disprezzo. "Ancora nessuna traccia del temibile drago. Dopotutto, sembra che non abbiamo nulla di cui preoccuparci qui. Non si disturba nemmeno a proteggere la sua gente."

West mi seguì, afferrandomi di nuovo per il polso. "Non farlo," disse.

Il ribelle proseguì. "Proprio come tua madre, a quanto pare. Se l'è data a gambe invece di restare e lottare. Non che le sia servito a molto. Ricordi come piangevano le tue sorelle mentre le facevamo a pezzi? E quei patetici alfa... Ho sparato in testa io stesso a uno dei tuoi padri, mentre gemeva sdraiato a terra."

La rabbia divampò in tutto il mio corpo. Gli artigli e le squame spinsero per venire a galla sulle mie dita e sulla mia pelle. Un ruggito draconico mi rimbombò nella gola mentre i miei muscoli si contorcevano e si espandevano. Le mie ali si schiusero, pronte a lanciarmi in aria, così avrei potuto cuocerli come carne sulla brace. Strappare le loro vite via da questo mondo come avevano fatto alla mia famiglia. Farli pagare per ogni briciolo di dolore che avevano causato...

Le fiamme bruciavano sul fondo della mia gola mentre

mi preparavo a spingermi in volo, ma un ricordo riemerse nella mia mente. L'impeto selvaggio del fuoco sugli alberi, quando avevo perso il controllo dopo l'incontro con il re dei vampiri.

Mi trattenni, in preda al rimorso che si aggrovigliava alla mia furia. Contenendola, ma solo appena.

No. Era proprio questo che i ribelli volevano. Per quale altro motivo avrebbero detto cose così orribili? Dovevo restare lucida. Dovevo ascoltare la mia ragione umana, come diceva sempre Aaron.

Erano stati i nostri istinti animali – che volevano reagire e mordere non appena venivamo feriti – a metterci così tanto nei guai, non era così? Gli stessi istinti che ci avevano portati a distruggere la nostra alleanza con le fate, tanti anni prima.

Io avevo fatto una scelta diversa. Potevo scegliere diversamente di nuovo.

Un respiro affannoso lasciò la mia gola strozzata. Crollai nuovamente nella mia forma umana. West era lì ad aspettarmi. Le sue braccia mi avvolsero mentre inciampavo. Accettai il suo supporto solo per un secondo, mentre tornavo in me. Poi mi tirai su dritta.

"Dobbiamo affrontarli," esclamai. "Ma prima dobbiamo avere un piano. Cosa vogliono? Cos'hanno in mente di fare?"

Gli occhi di West erano ancora preoccupati, ma seguì il mio spunto. "Vogliono attirarti là fuori. Probabilmente pensano che avranno qualche vantaggio, quando uscirai. Quattro pistole non sono abbastanza per abbatterti prima che tu li incenerisca."

Annuii. "E i vampiri hanno intenzione di assecondare

qualunque cosa stiano facendo. Potrebbe essere perfino un *loro* piano. Vogliono farmi fuori prima di passare al resto di voi." Mi passai la punta della lingua sui denti. "Dev'esserci un mucchio di vampiri in attesa con una buona linea di tiro sul punto dove si trovano i ribelli. Mi sparerebbero mentre mi occupo di loro."

"Sembra la cosa più sensata, dal punto di vista strategico," commentò Bertrand.

"Allora cambiamo le carte in tavola." Avevo imparato altre cose durante la battaglia alla stazione di servizio. Lanciai un'occhiata tra West e il suo luogotenente. "I mutaforma possono affrontare i vampiri mentre sono nella foresta più fitta, giusto? Non riusciranno a sparare a distanza, e noi saremo avvantaggiati nel corpo a corpo. Posso fingere di attaccare i ribelli e, mentre loro sono concentrati su di me, un gruppo dei tuoi uomini può attaccare i vampiri dall'altro lato."

"Fingere?" Ripeté West. "Qualcosa mi dice che sembrerà molto più reale."

Lo fulminai con lo sguardo. "Non mi avvicinerò troppo. Gli girerò intorno. Il loro raggio di tiro non può essere così ampio tra gli alberi. E se qualche proiettile mi colpisce, beh, sono già sopravvissuta una volta. Entriamo in scena, ne facciamo fuori il più possibile nel primo minuto di confusione, e poi ci ritiriamo. Magari sarà abbastanza per fargli passare la voglia di nascondersi e farli uscire fuori, così potrò davvero affrontarli con le nostre amiche fate."

La mascella di West si serrò quando mi sentì menzionare le fate, ma annuì. "Non ti avvicinare troppo," intimò con tono burbero.

"Lo so," risposi con un improvviso nodo alla gola.

Si voltò verso Bertrand. "L'hai sentita. Prendi un gruppo dei tuoi, i combattenti più rapidi, pronti a scattare nella foresta nell'istante in cui lei esce dalle mura."

Il luogotenente fece un cenno col capo e corse via. In pochi istanti, aveva radunato un branco vicino al cancello. Percorsi in marcia la breve distanza fino al muro e alzai la voce.

"Ribelli!" Urlai. "E i vostri alleati vampiri. Questa è l'ultima possibilità che avete di arrendervi prima che vi distrugga tutti. Andate via e richiamate i vostri uomini da tutte le nostre comunità, e potremo discutere di un nuovo trattato. Restate qui, e brucerete vivi."

"Parole grosse per una ragazzina che si nasconde dietro a un muro, mutaforma drago!" Gridò il ribelle. "Mi piacerebbe vederti provarci. Nel frattempo, che ne dici se ti racconto cos'abbiamo fatto ai tuoi padri dopo che sei scappata? Gli abbiamo sputato addosso, sai, e poi–"

Chiusi gli occhi, ignorandolo, reprimendo con tutte le mie forze la nuova ondata di furia che mi aveva riempita il petto. "Nessun movimento da parte dei vampiri," riportò una delle guardie.

Bene. Non mi aspettavo nulla di diverso.

"Vado," dissi a West. "Torno presto. Lo prometto."

Poi mi lanciai in volo.

Il vento sferzava il mio corpo in espansione. Mi levai in alto con un ampio battito d'ali.

La mia vista acuta colse il gruppetto dei quattro mutaforma a un passo dal limitare degli alberi, a qualche metro dal muro. Un accenno dei loro odori mi raggiunse le narici.

Sciacallo. L'uomo brizzolato con i capelli dalle venature bianche, che stava urlando altri insulti anche in quel momento, era uno sciacallo. Un necrofago, felice di profanare i morti per il proprio tornaconto. Un animale fottutamente adatto a lui.

Lanciai un grido furioso e mi lanciai in picchiata. Con la coda dell'occhio, vidi i miei uomini scivolare oltre il muro e sfrecciare attraverso l'anello sgombro, correndo verso gli alberi. I ribelli sollevarono le armi. *Loro* non avevano bisogno di un'angolazione precisa per spararmi. I proiettili mi colpirono alle ali e al petto, ma la distanza limitò i danni che avrebbero potuto fare. Mi fiondai più velocemente, più vicino...

E mi scostai di lato prima di entrare del tutto nel loro raggio d'azione. I ribelli strillarono per la sorpresa.

Poi un tipo diverso di grida riecheggiò nella foresta. Gli spari crepitavano, i proiettili si conficcavano nei tronchi degli alberi. I corpi cadevano al suolo. Sotto di me infuriavano i ringhi e gli artigli che affondavano nella carne dei non–morti.

I ribelli si voltarono di scatto, e così feci anch'io. Il cuore mi rimbombava forte nel petto. Mentre i vampiri erano occupati altrove, potevo portare a termine ciò che ero venuta a fare.

Il mutaforma sciacallo alzò lo sguardo all'ultimo secondo. Digrignò i denti in un ghigno e sollevò la pistola. Ma le fiamme stavano già lasciando la mia gola.

In un istante, il mio fuoco inghiottì tutti e quattro gli uomini. Le loro sagome si ridussero in cumuli di cenere. Una piccola parte del peso sul mio petto si alleggerì.

Non c'erano più. Gli ultimi ribelli rimasti erano morti.

Ma i vampiri, la minaccia più grande, erano ancora lì. "Ritirata!" Gridò una delle guardie di West. I mutaforma che avevano affrontato i vampiri tra gli alberi tornarono verso le mura.

Mi tuffai in loro direzione, sputando una raffica di fiamme sui vampiri che si erano lanciati al loro inseguimento. I proiettili rimbombavano intorno a me. Uno mi perforò la gamba; un altro la spalla. I motori dei camion rombarono. Non si stavano più nascondendo. No, adesso ci stavano assalendo.

Esplosi un altro colpo infuocato sull'anello di legna, sperando che avesse retto, e mi fiondai verso il cortile. Non erano gli unici vampiri che dovevamo affrontare. I miei simili li stavano combattendo in tutto il Paese.

E avrei ceduto il mio fuoco per aiutarli.

Atterrai ancora in forma di drago, proprio accanto alla fata. Non ebbe bisogno di ulteriore incoraggiamento. Spalancai le fauci e lei tese le mani verso di me. Gonfiando il petto, sprigionai tutta la potenza del fuoco che avevo in me, incontrando la sua magia.

Il calore e la luce fluirono via da me. Sentii che mi abbandonavano, con una sensazione di strano distacco. Li sentii scorrere da me alla donna, e poi a tutte le fate che circondavano la tenuta. Percepivo lo sfrigolio del fuoco che lasciava le loro mani, colpendo i camion in corsa verso la barriera ad anello e i vampiri che sparavano dai margini della foresta.

E poi ancora, da loro alle fate a sud e ovest. Riuscivo quasi a sentire Marco che dava ordini ai suoi luogotenenti, Nate che ringhiava mentre colpiva in testa un succhiasangue giunto al suo muro, Aaron che coordinava una squadriglia di aquile, falchi e falconi.

Tutti i miei compagni erano con me, seppur non fisicamente. Il mio fuoco li aveva raggiunti tutti. Perfino nei paesini e nei villaggi più piccoli, dove si erano radunate altre fate. Nuove fiamme si abbatterono sulle schiere di vampiri. I succhiasangue stavano morendo carbonizzati. Il fuoco continuò a divampare, finché quella sensazione non mi fece girare la testa.

O forse lo stordimento era dovuto allo sforzo di continuare a produrre tanto fuoco. Tutto il mio corpo formicolava. Ma avevo ancora così tanto da dare. Erano così tanti i membri della comunità che volevo proteggere.

Mentre percepivo il percorso delle mie fiamme, la battaglia davanti a me imperversava. West gridò ordini e scattò in avanti per aiutare le guardie al cancello. Kylie brandì il suo lanciafiamme ed sparò un colpo nella confusione al di là del muro. I miei simili correvano intorno a me, soccorrendo i feriti, unendosi alla difesa, combattendo con tutto ciò che avevamo. Tutti noi, insieme, legati dal sangue, dalla storia e da un'amicizia con le creature scintillanti in mezzo a noi, che solo ora stavamo riscoprendo.

"Si stanno ritirando!" Gridò qualcuno. Lì, oppure in una delle tenute a cui ero connessa in lontananza? Sentivo il tonfo dei passi, il fuoco che crepitava. Mi bruciava la gola, ma soffiai un altro lungo respiro. Il formicolio era sparito, lasciando solo il peso confortevole della mia forma di drago. Tanto mia quanto quella umana.

Potevo farcela. Potevo stare in piedi e combattere tutta la notte, se necessario.

Ma non ce ne fu bisogno. Si udirono altre grida, e qualcuna decisamente da lì. "È l'ultimo! L'anello è libero."

La donna fata abbassò le mani. Lasciai che le mie fiamme si spegnessero. Poi mi guardò, così luminosa che sembrava che la luna avesse acceso i riflettori su di lei.

"È finita," disse.

Era finita. Potevo ritrasformarmi, se avessi voluto. Allungai gli arti e sollevai la testa verso il cielo, lanciando un rauco grido di vittoria. Solo allora, cautamente e perché lo desideravo, ritornai alla mia forma umana.

21

Se qualcuno mi avesse detto una settimana prima – no, anche un giorno prima – che avrei ospitato la leader locale delle fate nelle terre della mia tenuta, avrei riso fino a perdere il fiato. E poi avrei dato una bella pacca sulla spalla a chiunque fosse stato, per la sua capacità di inventare storie tanto ridicole.

Eppure eccomi lì, a passeggiare nei giardini dell'ala est della tenuta, nella tenue luce dell'alba, con una di quelle creature luminose e allampanate.

A dire il vero, la sua vista mi faceva comunque accapponare la pelle. Troppi ricordi dolorosi. Ma potevo ignorarli. Ero abbastanza umano da ammettere i miei errori, e da ascoltare qualcun altro ammettere i suoi.

"Abbiamo molta strada da fare," disse la fata. "Da *entrambe* le parti." Mi fissò con sguardo tagliente, come per ricordarmi che la mia famiglia aveva le sue colpe nelle tensioni tra noi. Lasciai correre anche quello, almeno per una volta. "Ma mi vergogno della violenza scaturita da quello che avrebbe dovuto essere un semplice malinteso. Spero che d'ora in poi potremo approcciarci gli uni agli altri con intenzioni migliori… o quantomeno neutrali."

"Penso che si possa fare," risposi. Poi, dato che quell'affermazione non mi sembrava abbastanza, aggiunsi: "E mi piacerebbe che andassimo avanti così. Con pazienza invece che sospetto. Se ci riusciamo."

D'accordo, forse ci andavamo entrambi coi piedi di piombo nel concordare una tregua. Le vecchie abitudini sono dure a morire. E poi c'era ancora–

La fata si ammutolì. Si fermò e si voltò verso di me. "Devo scusarmi per le morti che abbiamo causato quando la mia gente ha cacciato via la tua da quel boschetto, dodici anni fa. Uccidere non è mai il nostro obiettivo. Avrei dovuto essere lì per stemperare il panico."

Rimasi a fissarla per un secondo prima di riuscire a trovare la forza di chiudere la bocca. "Quelle vite non si possono riportare indietro con delle scuse," risposi, ma senza tutta la rabbia che avrei potuto provare se non fosse sembrata sincera.

"No," riconobbe la donna con un cenno del capo. "Il meglio che posso fare è prometterti che d'ora in poi non sarà la mia gente la prima a oltrepassare quel limite, in nessun conflitto."

Se in futuro i miei simili avessero iniziato a massacrare le fate, non le avrei certo biasimate se ci avessero ripagato con la stessa moneta. Ma non avevo intenzione di incitare alla violenza. No, sarei stato molto più felice di lasciarci in pace a vicenda, a meno che non fosse stato assolutamente necessario.

Nella speranza che la mia compagna non avesse altri piani in cui trascinarmi.

La leader delle fate puntò un dito verso il mio petto, indicando l'area appena sotto la spalla, dove la mia pelle formicolava attorno al bagliore della cicatrice bendata. "In quella battaglia sei rimasto ferito," disse. "La nostra magia ha lasciato il suo segno. Posso guarire la cicatrice, se vuoi. Come gesto di buona volontà."

Non pensavo che potesse sorprendermi ancora di più, ma impiegai tutta la mia determinazione per non restare di nuovo a bocca aperta. Mi portai istintivamente la mano al petto, ma non mi ci volle molto per elaborare una risposta.

"Grazie," risposi sinceramente. "Ma no. È un promemoria che non voglio perdere."

La confusione le annebbiò gli occhi. "Un promemoria?"

"Del sacrificio che ho fatto quel giorno," spiegai. E dei miei sentimenti, in caso avessi deciso di nuovo di reprimerli.

"È una tua scelta," rispose lei tranquillamente. "Ora ti lascio. Possano i nostri cammini incrociarsi solo nella pace."

Mi voltai verso la casa. Avevo appena svoltato nel cortile anteriore quando Bertrand mi venne incontro di corsa.

"Abbiamo ricevuto notizie dai mutaforma che abbiamo mandato a New York," iniziò. "Poco prima dell'alba, stamattina, i vampiri sopravvissuti alla notte sono tornati al loro re. A quanto pare, erano piuttosto seccati per la guerra in cui li ha coinvolti, e non avevano alcuna fretta di rigettarsi tra le fiamme. Si dice che gli abbiano staccato la testa e che poi abbiano gettato il suo corpo alla luce del sole."

Feci una smorfia. "Un trattamento azzeccato. Quindi ora sono senza re."

"No, lo hanno rimpiazzato in fretta e furia." Gli occhi di Bertrand brillarono divertiti. "Il nuovo re ha già contattato la tenuta per parlare di risarcimenti e compromessi."

Scoppiai a ridere. Wow, quando era stata l'ultima volta che avevo sentito di poter davvero ridere? Inspirai l'aria fresca di rugiada del mattino, e il peso che ancora gravava sul mio petto scomparve del tutto.

"Certo che l'ha fatto. Affrontare le fate e il mutaforma drago, insieme a tutti i nostri simili? Dopo la notte scorsa, proseguire su quella strada significherebbe voler vedere la sua specie sterminata."

"Vuoi parlare con lui?" Domandò Bertrand.

Feci no con la testa. "Di' ai succhiasangue che stiamo pensando al tipo di 'compromesso' che potremmo trovare accettabile. Lasciamo che cuociano nel loro brodo per un po'. Ho altre cose su cui voglio concentrarmi, adesso. A tal proposito, dov'è il mutaforma drago?"

"Per quanto ne so, ancora nelle sue stanze, signore."

Ren era rimasta in piedi con me tutta la notte, ad aiutarmi nelle attività di soccorso e ad assicurarci che i vampiri non sarebbero tornati. L'avevo mandata a letto solo qualche ora prima. Il fatto che avesse protestato così poco era un chiaro segno di quanto fosse esausta.

Forse avrei dovuto riposarmi un po' anch'io. Ma quello

poteva aspettare. In quel momento, volevo la mia compagna.

Non rispose nessuno quando bussai delicatamente alla porta della suite di Ren. L'aprii piano, incurvando le labbra in un sorriso.

Non era arrivata neanche al letto. Si era rannicchiata sul divano del salotto, abbracciata a uno dei soffici cuscini, e aveva il viso dolcemente addormentato. I capelli castano scuro le ricadevano sulle spalle nude.

C'era molto da apprezzare in quella vista, ma il mio sguardo rimase fisso sul quel volto che mi faceva stringere il cuore. Quella donna. Quell'incredibile donna. L'avevo quasi lasciata andare. E poi l'avevo quasi respinta. A che diavolo stavo pensando?

Non potevo immaginare di amare così tanto nessun'altra, né allora né mai.

M'inginocchiai accanto al divano e poggiai la testa sul suo fianco. Non volevo svegliarla, non proprio, ma quando mormorò e allungò una mano per accarezzarmi i capelli, di certo non fui dispiaciuto.

"Va tutto bene?" Mi domandò con gli occhi semiaperti. Cazzo, era ancora più irresistibile così.

"Sai che ti dico?" Risposi. "Sì, e penso che stavolta potrebbe durare anche per più di un'ora."

Lei sfoggiò un sorriso così luminoso che non potei fare a meno di baciarla. Scivolò nel mio abbraccio, sollevando la testa per ricambiare con più passione.

Stanco? Chi era stanco? Sarei potuto restare sveglio anche un'altra settimana per continuare a baciarla.

Ren appoggiò la testa sulla mia spalla. "Ti voglio,"

disse con voce ancora sognante. "Ma voglio vedere tutti i miei compagni. Presto."

"Ero venuto a dirti proprio questo," risposi. "In questo momento gli altri alfa sono diretti alla tenuta dei draghi. Ti porterò lì per incontrarli. Che ne dici se recuperassimo un altro po' di sonno sull'aereo?"

Rispose con un mormorio felice. "È un piano perfetto. A patto che tu sia lì accanto a me."

Non riuscii a trattenere il sorriso che comparve sul mio volto. "Per sempre, Scintilla."

Ren

Aaron, Nate e Marco stavano aspettando al margine della pista di atterraggio quando arrivai alla porta del jet. Tutto d'un tratto i miei piedi non erano abbastanza veloci. Scesi i gradini di corsa e mi precipitai tra le loro braccia.

Le braccia di tutti loro, contemporaneamente. Con una risatina sommessa, Nate mi strinse forte a sé. Aaron prese il suo posto un secondo dopo, poi Marco e alla fine West, che mi accarezzò la nuca.

Da qualche parte al di là del nostro abbraccio di gruppo, Kylie tossì e disse: "Credo che vi lascerò da soli per un po'."

Ridacchiai, accoccolandomi più stretta ai miei compagni. I loro odori, salati e muschiati, speziati e ricchi di pino, si mescolavano insieme nel più inebriante dei profumi. Il loro calore mi avvolse. Il mio amore si dilatò fino a incontrarlo, riempiendo ogni parte di me di un bagliore frastornante.

Sentire quell'amore non era abbastanza. Era arrivato il momento di fare qualcosa con tutta quell'emozione.

"Ieri notte è stato fantastico," commentò Aaron. "Il modo in cui il tuo fuoco ha superato le distanze per arrivare a noi."

"Beh, direi che devi ringraziare le fate per quello," precisai.

"E di chi è stata l'idea di coinvolgere le fate?" Disse Marco soddisfatto.

Nate mi stampò un bacio sulla fronte. "Hai mantenuto le fiamme così a lungo. I vampiri non sapevano cosa li stesse colpendo quando tutto quel fuoco ha iniziato a sommergerli."

"La sua trasformazione è durata anche dopo che ha finito con il fuoco," sottolineò West con un pizzico di orgoglio nella voce. "Credo proprio che abbiamo un mutaforma drago a tutti gli effetti per le mani."

"A questo proposito…" M'inumidii le labbra, sentendomi improvvisamente impacciata.

"Serenity?" M'incalzò dolcemente Aaron.

Chinai la testa. "Stavo pensando… La nostra specie ha vissuto troppo a lungo con un solo drago nei paraggi. Forse sarebbe ora di provare ad aumentare quel numero?"

Pensai che forse avrei dovuto essere un po' meno ambigua per fargli capire ciò che intendevo. Invece no. Un fremito di eccitazione attraversò i corpi che mi circondavano. Tutti trattennero il respiro. "Ren," esordì

West alle mie spalle, con voce incredula e felice allo stesso tempo.

Marco mi rivolse un sorriso. "La nostra Principessa delle Fiamme vuole avere una principessa tutta sua. Direi che è una richiesta che possiamo soddisfare. Tutti in camera della signora?"

Camminammo insieme verso la casa. Il legame che ci univa mi faceva sentire così leggera che i miei piedi non sembravano toccare terra. Quando raggiungemmo il mio letto, mi fermai ai suoi piedi. Il desiderio mi travolgeva, ma con esso anche un fremito di incertezza.

"Decidi tu come vuoi che vada," disse Aaron. "Seguiremo la tua guida."

Mi arrampicai sul letto e mi sedetti al centro dell'enorme materasso. Poi diedi dei colpetti sul lenzuolo. I miei compagni mi raggiunsero, disponendosi a cerchio intorno a me.

Mi avvicinai ad Aaron per primo, travolgendolo in un bacio. Le sue mani mi accarezzarono il ventre. Poi mi chinai all'indietro per incontrare le labbra di Nate, e il mutaforma aquila si piegò a mordicchiarmi la spalla, riversandomi il suo respiro caldo sulla pelle.

Nate mi baciò intensamente, abbassandomi lentamente le spalline del vestito. Mi voltai verso Marco. La lingua del giaguaro mi solleticò le labbra, poi scivolò tra loro per unirsi alla mia.

Qualcuno mi stava abbassando il vestito fino alla vita. Un'altra mano mi accarezzava i seni. Un fremito di piacere mi attraversò i nervi. Gemetti nella bocca di Marco.

Ed ecco West. Il mio lupo testardo. Premette le labbra sulle mie come se volesse memorizzarne la forma, tracciarne ogni curva, sentire ogni ansito nel mio respiro. Le sue dita si fermarono sui miei fianchi, e la consapevolezza di come volevo che andasse prese forma nella densa foschia del godimento. Volevo ripercorrere la strada che avevo fatto, dalla fine all'inizio.

Per i primi minuti, però, non feci altro che fluttuare in quella beatitudine. La mia bocca si spostava per baciare a turno uno dei miei compagni, poi l'altro, poi l'altro ancora, per poi scendere ad assaporare la pelle del loro collo e del loro petto. Quattro paia di mani mi sfilarono il vestito, il reggiseno e gli slip. Da qualche parte in quel turbinio, anch'io spogliai loro.

Dita sensuali esploravano ogni centimetro del mio corpo. Una bocca si chiuse su un mio capezzolo. Un pollice strofinava l'altro. Gemetti quando uno dei miei compagni prese ad accarezzarmi tra le gambe. Chiusi gli occhi.

Ma sapevo esattamente dove trovare West – era lui che volevo per primo. Gli cinsi il viso con le mani. "Ti prego," implorai senza fiato.

La lussuria gli annebbiò gli occhi. Mi baciò con tanta veemenza da farmi girare la testa. Poi si fece strada tra le mie gambe. La punta del suo sesso sfiorò il mio clitoride, e io mugolai. Le mie mani risalirono i muscoli asciutti del suo petto per stringersi dietro il suo collo. "Ti amo," sussurrai.

Lui lasciò andare un respiro tremante. "Ti amo anch'io, Scintilla. Non lascerò mai più che ne dubiti."

Un bruciore estatico mi pervase mentre scivolava dentro di me. Mi strinsi forte a lui e inclinai i fianchi per accogliere le sue spinte. West gemette, chinando la testa vicino alla mia.

Gli altri alfa si erano fatti un po' indietro, ma continuarono a toccarmi, accarezzarmi i seni, baciarmi il collo, finché non mi sentii come se fossi fatta di null'altro che piacere.

West mi penetrò ancor più in profondità, e io venni con un grido. Le scintille del soprannome che mi aveva dato danzarono dietro le mie palpebre chiuse. "Cazzo," borbottò con voce strozzata mentre pulsavo intorno a lui. Lo sentii riversarsi dentro di me in un guizzo caldo.

Poi si tirò indietro, accasciandosi accanto a me e tracciando una scia di baci lungo il mio braccio. "Marco," sussurrai affannata. Ero troppo vuota. Non eravamo neanche a metà dell'opera.

L'alfa felino si chinò su di me. S'impadronì della mia bocca con un altro bacio ardente. I suoi fianchi dondolavano insieme ai miei, il suo sesso sfiorava la mia apertura. Gemetti impaziente.

"La mia bellissima principessa," mormorò.

Lo guardai negli occhi con un sorriso dolce. "Il mio bellissimo compagno. Ti amo."

Mi rivolse il suo tipico sorriso malizioso. "E io amo te. Non potrei amarti di più."

Mi riempì in un unico rapido movimento che mi strappò un altro gemito dalla gola. La sua mano scivolò sotto il mio fondoschiena, esortandomi a spingere più forte. La sua lunghezza accarezzò il punto più sensibile dentro di me. Il piacere mi pervase. Stavo già per venire di nuovo.

"Oh, Ren," mormorò Marco. "Non hai idea di quanto

sia fantastico. Se ci fossimo solo noi, andrei avanti per sempre, ma non voglio fare l'egoista."

Accelerò il ritmo. Qualcuno mi pizzicò un capezzolo. Sollevai i fianchi gemendo, strofinando il clitoride sulla base della sua virilità, e in un attimo persi il controllo. Mentre la seconda ondata di piacere mi travolgeva, Marco mi seguì oltre l'apice con un altro paio di spinte veloci.

Poi si tirò indietro e si sedette, chinandosi con il suo sorrisetto per lasciare un bacio tra le mie gambe. Mentre si spostava di lato, la mia mano si chiuse attorno a quella di Nate. Il calore negli occhi del mio orso si fece incandescente.

Ci capovolse, tirandomi sopra di lui. Il mio sesso scivolò sulla sua dura erezione, facendomi ansimare. Mentre mi cingeva le guance per baciarmi, le mani degli altri mi accarezzavano le cosce e la schiena. A quel punto mi strinse i seni, roteando i palmi sui miei capezzoli fino a farmi tremare di piacere.

"Ti amo," disse mentre io non ero neanche capace di parlare. "Stare al tuo fianco è il più grande onore della mia vita."

Mi si strinse la gola. Mi chinai in basso per baciarlo di nuovo. "Ti amo anch'io. E sono io quella onorata di stare accanto a *te*."

Mi afferrò i fianchi, e insieme guidammo il suo sesso dentro di me. Il suo spessore mi dilatava con una pressione che faceva fremere ogni singolo nervo del mio corpo.

Gettai la testa all'indietro e iniziai a cavalcarlo con tutto il desiderio che avevo dentro, inseguendo un altro orgasmo. La sua mano scivolò verso il basso per strofinarmi il clitoride. Una lingua mi leccò un capezzolo.

Dei denti mordicchiavano l'altro. Uno dei miei compagni mi stava baciando la schiena. Appoggiai le mani sull'ampio petto di Nate, muovendomi su di lui, tremando mentre cominciavo a cedere.

Un lungo gemito lasciò la mia gola. L'orso mi tenne stretta mentre mi accasciavo su di lui, lasciando andare un ansito che risuonò insieme al mio. Sprofondò dentro di me un'ultima volta, riempiendomi con il frutto del suo piacere.

Mi tremavano le gambe mentre mi staccavo da Nate. Aaron era lì ad aspettarmi. Mi trascinò nel suo abbraccio, baciandomi la nuca. "Non sei ancora stanca?" Mi domandò con un tono leggermente giocoso nella sua voce roca.

Risi in risposta. No, il mio desiderio non era ancora del tutto soddisfatto. Allungai una mano per chiuderla sulla lunghezza marmorea del suo sesso. "Non più di quanto lo sia tu."

"Allora che ne dici di volare?"

Lo tirai a me per baciarlo sulle labbra. Insieme ricademmo sul letto.

Aaron sprofondò dentro di me come se non fosse destinato a stare da nessun'altra parte, e in quel momento non lo era. A ogni spinta mi strofinavo su di lui, muovendo i fianchi sempre più velocemente. La mia pelle era ormai madida di sudore, il mio respiro ansimante, ma non mi ero mai sentita così piena di energia in tutta la mia vita.

Volare. Sì, era il termine più adatto.

"Ti amo," balbettai prima di perdere di nuovo il controllo sulle parole.

Il respiro di Aaron si infranse sulla mia guancia. "Ti amo anch'io. Sei il mio inizio e la mia fine. L'unica e sola."

Si spinse dentro di me così profondamente da farmi esplodere di piacere per l'ultima volta. Precipitai sull'orlo dell'ultimo baratro d'estasi, tremando e ansimando. Il mio sesso si strinse forte intorno a quello di Aaron. Con un gemito, cedette anche lui.

Alla fine, beatamente appagata, lasciai che i miei muscoli si rilassassero sul materasso. I miei quattro compagni si strinsero attorno a me, avvolgendomi come in una coperta di amore – e non poca soddisfazione.

"Sai," disse Aaron con delicatezza, "venire tutti insieme... non è garantito che funzioni al primo tentativo. Solo per evitarti la delusione."

Mi scappò una leggera risatina. "Non c'è problema," risposi, stringendomi nel loro abbraccio. "Dovremo solo continuare a fare pratica finché non funzionerà."

22

Ren

Qualche mese dopo

"Non farà loro alcun male, vero?" Domandai. Ero in piedi al margine del confine che la fata aveva appena tracciato sul suolo. La sua magia scintillò appena sulla terra in mezzo agli alberi, poi scomparve del tutto dalla mia vista. Lasciò un lievissimo profumo nella fresca brezza primaverile, un odore leggermente dolce, coperto dalle fragranze verdeggianti della foresta che si risvegliava dall'inverno.

La fata scosse il capo. "Gli umani non lo percepiranno neanche. Semplicemente non avranno alcun interesse a proseguire in questa direzione." Mi rivolse un sorriso flebile ma luminoso. "E voi mutaforma non ne sarete affatto intaccati."

Un paio di suoi compagni più distanti alzarono le mani verso di noi, per avvisarci che avevano finito anche loro. Quel lavoro era parte di un piano che io e gli alfa avevamo ideato dopo le discussioni con i leader delle fate, per espandere i territori dei mutaforma senza invadere i loro. Così sarebbero potuti nascere nuovi insediamenti in aree selvagge, dove non avremmo più dovuto preoccuparci di escursionisti o turisti curiosi di passaggio.

"Grazie per averci aiutato," dissi. "Spero davvero che avere più spazio in cui distribuirci ci aiuterà ad andare tutti d'accordo." Da quando avevamo sconfitto la minaccia dei vampiri, c'era stato ancora qualche diverbio tra mutaforma e fate, ma almeno era stato minimo e non aveva provocato danni – se non in termini di ego e sentimenti.

"Mi piacerebbe che un giorno tornassimo a condividere felicemente più terreno," commentò la fata. "Ma è difficile godere dalla condivisione quando è imposta. Credo che questa soluzione gioverà a entrambi i nostri popoli. Ne tracciamo un altro vicino alla tenuta dei volatili, la prossima settimana?"

"Questo è il piano." Salutai con un cenno del capo prima di dirigermi oltre il confine, dove era parcheggiata l'auto con cui ero andata fin lì.

Kylie e Felix stavano aspettando lì, godendosi un piccolo picnic nel prato accanto alla strada. La magia delle fate *avrebbe* colpito la mia migliore amica, ma non c'era motivo perché dovesse visitare gli insediamenti più piccoli. In quei giorni divideva il suo tempo abbastanza equamente tra la tenuta dei draghi e New York, dove Felix prestava servizio.

Quando mi vide arrivare saltò in piedi. "È fatta? Non ci è voluto molto."

"La magia delle fate è roba potente," risposi.

Anche Felix si alzò, raccogliendo i resti del loro pranzo in un cestino. Mi rivolse un sorriso. "Il re dei vampiri sarà felice di sentire dei progressi che stiamo facendo. Con queste precauzioni gli umani non verranno a sapere di noi. Sono ancora piuttosto paranoici sul fatto di tenere il mondo soprannaturale segreto."

Adesso il mutaforma volpe era una specie di ambasciatore per la comunità dei vampiri. Non che vivesse insieme ai succhiasangue – potevo solo immaginare cos'avrebbe detto se lo avessimo suggerito – ma avevano dato il permesso a uno dei nostri di vivere a New York, così qualsiasi disputa tra vampiri e mutaforma si sarebbe risolta in fretta.

E poi così avrebbe semplicemente potuto tenere d'occhio la situazione. Forse il nuovo re non era un vero e proprio carnefice come il precedente, ma come si dice, fidarsi è bene e non fidarsi è meglio.

"Puoi raccontargli tutto alla grande festa di stasera," suggerì Kylie, prendendo il suo ragazzo sottobraccio. Ogni volta che guardava Felix, il suo volto si illuminava quasi quanto i suoi capelli fluo. Avevo un po' paura che andare a vivere insieme così presto, poco dopo essersi conosciuti, potesse far riemergere i lati discordanti delle loro personalità, ma non l'avevo mai vista così felice.

"Dovete andar via proprio adesso?" Domandai mentre ci infilavamo in macchina.

"Dopo averti riaccompagnata alla tenuta," rispose Felix. "A meno che non ci sia qualcos'altro che posso fare per te, prima."

Mi si strinse il cuore. Sarebbe stato carino se Kylie fosse rimasta nei paraggi per sentire subito la notizia... Ma era uno di quei casi in cui i miei compagni, non la mia migliore amica, dovevano essere i primi a sapere. Beh, non avrei dovuto aspettare a lungo.

"No, non preoccuparti," gli dissi.

Kylie sorrise e mi lanciò un'occhiata sospettosa. "C'è qualcosa che non mi stai dicendo?"

Ricambiai il sorriso. "Dovrai solo aspettare e vedere."

Mi puntò un dito contro. "Ricorda che tornerò tra qualche giorno. Allora tirerò fuori tutti i tuoi segreti."

Quando arrivammo alla mia tenuta, un'altra macchina era già parcheggiata davanti alla casa. Marco se ne stava sdraiato sui gradini d'ingresso. Mentre entravamo, si alzò in piedi con la sua solita eleganza.

Andai a salutarlo e sentii il mio viso illuminarsi. Mi ero abituata a passare giorni, a volte settimane, senza vedere uno o più dei miei compagni, ma non mi sentivo mai così appagata come quando erano con me.

"Salve, principessa," mi salutò languidamente. Mi scostò una ciocca di capelli dalla guancia e si chinò a posarmi un bacio sulle labbra. Mi abbandonai al calore di quel bacio per tutto il tempo che riuscii a concedermi, visto che eravamo in compagnia.

"Devo solo salutare Kylie," dissi. "Poi torno subito da te."

"Fa' con calma," rispose l'alfa dei felini. "Sarai mia per il resto della giornata."

Tornai alla macchina e abbracciai forte Kylie. "Ti aspetto tra due giorni," le raccomandai. "Sii puntuale."

Lei rise. "Lo sono sempre. Come se volessi perdermi le prossime avventure in cui ti caccerai."

"Continua così con i vampiri, Felix," aggiunsi rivolgendomi alla volpe.

Lui mi fece il saluto militare con uno scintillio negli occhi vispi. "Lieto di servire."

Mentre si allontanavano, tornai da Marco. "Come sono andate le cose tra gli insediamenti dei felini e dei volatili con cui ho parlato la settimana scorsa? Ci sono stati altri conflitti?"

"Finora sono riusciti a mantenere la pace. Credo che il tuo discorsetto – e il compromesso che hai trovato – abbiano funzionato. Almeno finché non troveranno un nuovo motivo per cui litigare." Scosse la testa. "In più si è presentato un altro ribelle randagio, nato dalla loro parte, che voleva fare ammenda. La prossima volta che riesci a venire in Florida, ti chiederò di usare le fiamme della verità su di lui per capire se è sincero."

"Felice di aiutare," risposi. La comunità aveva accolto più di una ventina di ex ribelli dopo la guerra con i vampiri – e dopo la morte del loro ultimo leader. Ma prima, naturalmente, avevo dato una mano a interrogarli scrupolosamente.

Marco mi avvolse le spalle con un braccio. "Allora, posso averti tutta per me o sarà una festa più in grande?"

"Gli altri ragazzi dovrebbero arrivare a momenti," risposi. "Ho chiesto a tutti di venire verso metà pomeriggio."

"Beh, non vedo perché non dovremmo goderci un po' di tempo da soli, finché possiamo," sussurrò.

Mi strinsi tra le sue braccia mentre lui faceva scivolare la bocca sul lato del mio collo, ma non ci fu il tempo di fare molto altro, perché un altro motore rombò dal fondo della strada. "Mmh," mormorò, sollevando la testa per dare un'occhiata. "Possiamo sempre riprendere da dove abbiamo lasciato più tardi."

Risi. "Non ho dubbi che lo faremo."

West scese dalla sua jeep con la solita espressione burbera. Vedere quell'espressione seria dissiparsi in un sorriso caldo, quando i nostri occhi si incrociavano, mi provocava sempre un piccolo brivido. Mi corse incontro e mi sollevò il mento per baciarmi, senza preoccuparsi di strapparmi dalle braccia di Marco.

"È passato troppo," esordì. Era stato via per occuparsi di alcuni problemi nei villaggi dei canidi mentre io ero impegnata nell'alleanza con le fate, quindi non ci vedevamo da circa due settimane.

"Abbiamo quasi finito di delimitare i nuovi territori," lo informai. "Poi non riuscirai più a liberarti di me."

Il suo sorriso si fece più ampio. "Credimi, non vedo l'ora."

Aaron fu il successivo ad arrivare, a bordo di una berlina che sobbalzò mentre si fermava. Dal cofano veniva fuori una sottile coltre di fumo. Lui fece una smorfia scendendo dall'auto. "Non sono sicuro di cosa mi piaccia di meno: i jet o le macchine."

"Un mutaforma della tenuta è un meccanico," dissi. "Gli chiederò di darle un'occhiata."

Marco strofinò le mani l'una contro l'altra. "Lasciate

fare a me. Non sono del tutto senza speranza con le macchine."

Io e gli altri ci scambiammo un'occhiata scettica. Il felino scacciò la nostra perplessità con un gesto della mano. "Solo perché mi piacciono le cose pompose non significa che non mi piaccia sporcarmi le mani, ogni tanto."

Avevamo appena aperto il cofano quando il pick-up di Nate entrò nella proprietà. "Okay," esclamai quando l'orso uscì dall'auto. "La manutenzione può aspettare. Andiamo dentro."

Nate ci raggiunse mentre entravamo in casa, e quel meraviglioso senso di completezza mi avvolse. Ero insieme a tutti i miei compagni. Era tutto come doveva essere. Più di quanto ancora non sapessero.

"Che sta succedendo, Ren?" Domandò Nate. "Ho avuto l'impressione che quest'incontro fosse un po' più urgente del solito."

"Non in senso negativo," lo rassicurai. "Ma c'è una cosa di cui volevo parlare con tutti voi, e ho pensato che fosse meglio farlo di persona."

"Non mi lamenterò mai di passare del tempo con te, ogni volta che posso," disse Aaron. Sollevò la mia mano per baciarla, con gli occhi blu che brillavano d'affetto.

Li guidai lungo il corridoio fino alle mie stanze private. Mi fermai nel soggiorno, facendo loro segno di avvicinarsi. "Datemi una mano. Tutti."

Marco sollevò un sopracciglio, ma ognuno dei miei alfa mi tese una mano. Le afferrai piano e guidai i loro palmi sul mio ventre.

"La sentite?" Chiesi dolcemente. "Perché io la sento."

La nuova vita che portavo in grembo mi solleticava i sensi con un'energia delicata, come il tremolio della fiamma di una candela.

Nate sgranò gli occhi. La sua mano lasciò il mio ventre per rivendicare un bacio furente. Poi mi baciò Aaron, poi West e infine Marco. Si strinsero tutti intorno a me in un fascio d'amore.

"Al prossimo mutaforma drago," mormorò Aaron.

La maternità mi attendeva, ed era un territorio completamente nuovo, ma io ero pronta. Soprattutto con i miei compagni al mio fianco.

Posai la mano su quel barlume di vita e sorrisi. "A lei, a tutti noi e al futuro che le stiamo costruendo." Un futuro che finalmente poteva essere illuminato dall'armonia e dalla speranza.

L'AUTORE

Eva Chase, autrice di romanzi urban fantasy e paranormali, è tra le prime 100 scrittrici più vendute su Amazon. Magia, caos e pene d'amore sono stati il suo pane quotidiano fin da quando era piccola, e sono anche gli ingredienti segreti di tutte le sue storie. Con lei, però, non dovrai temere i triangoli amorosi: le eroine di Eva non devono mai scegliere. Scopri chi è visitando l'indirizzo www.evachase.com.